Sub Rosa

SUB ROSA

Margareta Björndahl

Kristendomens biktstolar
pryddes ofta av fembladiga rosor,
efter den romerska traditionen
att hänga en ros över dörren
när det pågick ett hemligt eller viktigt möte,
varifrån uttrycket *sub rosa*
("under tystnadens insegel") kommer.
(Wikipedia)

Sub Rosa är en fristående fortsättning på romanen Björndahl Margareta, Peregrini, 2009, B4PRESS, Göteborg

Omslagsfoto: Lotta Alverlin

Margareta Björndahl: Sub Rosa

Förlag: BoD – Books on Demand, Stockholm, Sverige
Tryck: BoD – Books on Demand, Norderstedt, Tyskland
ISBN: 978-91-7851-967-5

Del 1

"Du har ingen pappa".
 "Jo, det har jag visst det."
 "Din pappa är död!"

Eva-Marie Myrén stannade upp och lystrade till fyraåringarnas samtal. Hon höll ett dricksglas i ena handen och den andra på kylskåpsdörren. De satt vid köksbordet och ritade. Tre små flickor.
 "Din pappa är i himlen."
 "Jag har en hemlig pappa!"
 "Vad heter han?"
 "Stefcio."
 "Vilket konstigt namn."
 "Var finns han?"
 "I Örre Bro."

Vad hade den polska barnvakten Vanda sagt, hann Eva-Marie tänka, när glaset som var fyllt med vatten föll i golvet med en smäll. Flickorna rusade upp från bordet och fram till köksavdelningen. Tuss, den vithåriga Bichon frisén, kom efter och trasslade sig mellan flickornas ben in på det våta golvet med tusentals små glasskärvor.
 "Gå härifrån!" Eva-Marie skrek åt dem.
 "Men mamma är du arg?" Teresa, som var hjärtnupen när det gällde Eva-Marie, hade gråten i halsen.
 "Nej. Jag är bara arg på mig själv." Hon började gråta.
 "Men du gråter ju", Teresa tog ett steg in i vattenpölen för att nå sin mamma, "jag skall hjälpa dig att torka upp."
 "Gå nu, jag är inte ledsen, jag blev bara rädd." Hon tog upp Tuss och lade hunden i dotters famn.

Tag med henne till ditt rum och se att hon inte fått en glasbit i trampdynan. Titta noga."

"Men jag vill hjälpa dig. Jag kan det."

"Snälla, gå nu!"

"Mina strumpor är våta."

"Mina också."

"Mina också."

"Ta av er strumporna här och titta noga efter på fötterna att ni inte har fått glasbitar i dem. Gå in i mitt rum. Hämta ett förstoringsglas. Det ligger i vänstra skrivbordslådan. Titta noga efter att inte Tuss fått en glasflisa i tassen."

Flickorna slängde sina våta strumpor i en hög. Nu när de försiktigt tassat iväg gav Eva-Marie efter för chocken och grät hejdlöst stående mitt i vattenpölen där större och mindre glasbitar syntes som skimrande kristaller. Hon böjde sig ner för att börja plocka upp de största bitarna men tårarna grumlade synen och hon fiskade upp en näsduk ur byxfickan. Vad hade Vanda inbillat och sagt till Teresa som likt ett läskpapper assimilerade polska ord och uttryck. Då ringde telefonen.

"Teresa gullebarnet. Kan du svara?"

Hon hörde dottern springa fram till telefonen och förstod att det var farmor som ringde.

"Det är farmor! Vill du att hon kommer och hjälper dig?"

Eva-Marie tog sig samman, nu som så många gånger tidigare. Hon kvävde både tårar och upprördhet och ropade tillbaka:

"Nej tack. Det behövs inte. Jag tappade ju bara ett glas. Hälsa från mig och säg att jag ringer senare."

Teresa upprepade orden men beskrev med så dramatiska vändningar som en fyraåring kan åstadkomma hur golvet var översvämmat med glasbitar, hur deras sockor blivit våta och hur de undersökte med ett förstoringsglas om Tuss fått glasbitar i tassen. Eva-Marie skärpte hörseln men flickan hade inte förstått sambandet mellan deras tidigare samtal och hennes reaktion.

Det hade nu gått fyra år och sex månader sedan deras liv totalt förändrades. När Teresa inte ens var tjugofyra timmar gammal hade hennes far Åke Myrén omkommit i en bilolycka och hennes äldre bror Mats skadats så illa att han senare dog. Eva-Maries och hennes två döttrars liv förvandlades till en överlevnadssituation där de praktiska göromålen omöjliggjorde tankar och känslor, skuld och glädje. Att ta en dag i taget var alltför överväldigande. Hon tog en timme i taget. Oftast bara nuet, det var nog. Jag får inte sluta andas, hade hon tänkt gång på gång och rätat på ryggen. Ofta hade hon ställt sig i den öppna altandörren och sträckt ut armarna, hållit sig i dörrfodret och djupandats. Sakteliga hade hon upptäckt att träden var vårgröna, höströda, avlövade, snötyngda. Hon noterade, som om hon aldrig sett det förut, att himlen kunde vara sommarblå med vita cumulusmoln. Mest tyckte hon om när den tjocka dimman låg framför henne som en mur och hon önskade så intensivt att det värkte i armarna att hon kunde gå rakt in i dimman och försvinna. Det krävdes viljekraft att övervinna den dragningen. Hon blundade, sökte efter sitt inre lugn, det som numera var så svårt att återfinna. När hon åter öppnade ögonen återvände hon till babysängen med den babydoftande icke medvetna dottern, till den nybadade ettåringen som slumrade i sängen nyponröd och mjuk, till tvååringens ständiga babbel och nu till fyraåringens alltmer självständiga lek.

Efter två år bytte Eva-Marie den opraktiska villan i tre etager mot undervåningen i en tvåfamiljsvilla. Här hade hon inga trappor att springa upp- och nedför, för att hämta saker som alltid låg på den andra våningen och den ständiga oron att det lilla barnet skulle ramla ner för trappan. Vardagslivet blev enklare.

Hon fick så småningom kraft att plocka bort Åkes kläder och personliga tillhörigheter. Med hjälp av sina syskon Markus och Miriam och deras familjer rensade hon, körde lass efter lass av sådant som kunde återanvändas till Saron Second Hand. När hon beslutat sig för att byta bostad kasserade hon med stor ångest de möbler Åke valt. Icke utan samvetskval inredde hon hemmet så som hon alltid önskat att få göra. Farmor hade ifrågasatt varför Åkes fina möbler inte dög, men Emmy (som hon alltmer kallade sig) hade stålsatt sig och försvarat sig med att de var alltför stora för den betydligt mindre lägenheten och att möblerna inte passade för småbarn.

Emmy hemsöktes av samvetskval för att hennes sorg över Åkes död inte hade samma berättigande som svärföräldrarnas sorg. Var inte sorgen över det enda barnets död så mycket värre än en makes död? Var inte hennes sorg över Mats större än sorgen över Åkes död? När hon försiktigt tog upp dessa tankar med sin väninna Barbro Bergman fick hon till svar att man inte kan jämföra den enes sorg med någon annans, sorgen över den ena med sorgen över den andra. Hennes sorg var hennes och deras sorg var deras. Kanske delade inte ens farmor och farfar sin sorg, kanske gick var och en med sina tankar och känslor. Emmy visste inte hur mycket de talade med varandra om sitt inre. De var sammansvetsade efter nästan femtio års äktenskap och farfar hade, precis som Åke, inte lätt att tala om känslor medan farmor på något sätt alltid var lugn och rationell. Hon grät inte så översiggivet som Eva-Marie gjorde. Tårarna rann mer sakta och tyst ner för kinderna. Ibland när Emmy gick i skogen vid Delsjön med Teresa i vagnen kunde hon stanna och slå på ett träd i förtvivlan, hon lutade huvudet mot stammen tills tårarna slutligen upplöste krampen och hon så gott som förblindad av tårar kunde vandra stigen vidare utan att de hon mötte anade hennes inre förtvivlan.

Fortfarande hade hon viss kontakt med Staffan Berg, som hon träffat då han under ett halvår bodde i Göteborg. Honom som hon blivit så handlöst förälskad i, honom som hon starkt övervägt att överge sin make för. Efter en resa till Rom med rannsakan i kyrkan Il Gesú hade hon fattat beslutet att satsa på äktenskapet med Åke. Staffan hade återvänt till Örebro och de hade aldrig träffats efter den våren för sex år sedan förutom några timmar en dag då hon besökt honom i Örebro för att tala om sitt beslut och avsluta sina känslor för honom (det var nu drygt fem år sedan). Nu sms-ade och mejlade de sporadiskt och någon enda gång pratades de vid i telefon. När Emmy bad honom om råd analyserade han lugnt och metodiskt olika alternativ tills hon var beredd att fatta sina beslut. Han övertalade henne aldrig utan respekterade hennes funderingar, men å andra sidan släppte han inte ämnet förrän han förstod att hon var övertygad. Han hade aldrig varit tillbaka i Göteborg efter att ha återvänt till Örebro den där majdagen, den dag då Mats tog studenten och huset var fyllt av festande människor. Då hon stod i köket, tittade på flaggan och våndades över att Staffan lämnade staden och henne. När hon stått där hade hennes stilige son kommit och kramat om henne, så ung och förväntansfull, så fylld av liv och glädje. Nu låg han död och begravd. Smärtan var olidlig. Och de dumma tankarna på om Åkes och Mats död var straffet för att hon haft ett förhållande med Staffan, som aldrig varit ett förhållande, utan en häftig förälskelse och en djup gemenskap, hemsökte henne åter och återigen. När hon talade om detta med Staffan menade han att en människa inte straffas för sådant som hon inte är orsak till. Han uppmanade henne att söka en psykiater och tala om sina tankar. Men hon svarade frågande hur hon skulle få tid för sådana samtal när hon hade firman, hemmet och lilla Teresa. Allt var ett ekorrhjul. Samma tankar kom tillbaka dag efter dag men i sanningens namn måste Emmy erkänna att sorgens styrka avtog för varje år.

Under det halvår Staffan bodde i Göteborg hade han hjälp av en polsk grannfru Vanda Andersson. På Staffans uppmaning ringde Eva-Marie upp henne och hon kom sedan varje vecka och tog hand om Teresa. På så sätt kunde det praktiska som låg utanför hemmet fungera. Inte minst under de månader då Mats låg på Sahlgrenska, fortfarande vid liv men med det läkarna diagnostiserade som hjärndöd. Emmy hade dragits mellan den nyfödda dottern, den svårt skadade sonen och alla praktiska arrangemang med Åkes begravning och inte minst med hans firma "Sönerna Myréns kontorsmaterial, Essemka". Efter att Mats tagit studenten hade han börjat på kontoret hos pappan och den sommaren hade Åke gett honom fullmakt att vara firmatecknare. På så sätt hade Mats efterträtt sin farfar. Nu var det hon som ägde firman. Nu var det hon som var ansvarig för hem, barn och försörjning. Rollen som fritidspedagog och något av lyxhustru till Åke utan något större ekonomiskt ansvar hade bytts mot rollen som driftig affärskvinna med kontroll över personal och verksamhet parat med barnuppfostran. Det var först under det senaste året hon funnit egen personlig tid, då hade hon börjat studera konstvetenskap på Göteborgs universitet.

Hennes kyrkliga kontakter under de första åren efter den tragiska olyckan hade varit sporadiska. Det tog månader innan hon repat sig från smärtan hon upplevt den första gången hon var i en söndagsmässa i Kristus Konungens Kyrka. Eva-Marie var lycklig över att Pia spontant erbjudit sig att ta hand om Teresa så att mamman kunde gå till kyrkan ensam i lugn och ro. Som vanligt var hon där i god tid och tog plats mitt på bänken så att nya mässbesökare kunde finna plats från höger och vänster sida. Många satte sig ytterst på bänken vid gången men Eva-Marie hade inget besvär av att sitta mitt på en bänk, på så sätt fick hon lugn och ro utan att behöva resa sig för senkomna kyrkobesökare. Hon hade ett eget exemplar av psalmboken Cecilia med bokmärken som markerade de olika mässtexterna och psalmerna. Hjärtat klappade den här söndagsförmiddagen okontrollerbart hastigt, hon hade inte varit ensam i kyrkan på mer än ett år.

Eva-Marie mindes Teresas dop. Det hade varit en familjehögtid med några ytterligare vänner, de hade faktiskt varit arton personer förutom kyrkoherden. Själv var hon fjorton år när hon döptes i Baptistförsamlingen och hennes syskon Markus och Miriam var också tonåringar när de döptes. Både Mats och Pia hade döpts i samband med konfirmationen i Missionskyrkan och så hade det också varit för Åke. Men Eva-Marie ville att Teresa skulle döpas i Katolska kyrkan. Teresa var ju hennes barn och hon hade ensam vårdnaden om henne. Hon hade pratat med Pia som inte hade några invändningar utan sagt att mamman skulle göra det hon fann bäst. Vad farfar och farmor skulle säga var Eva-Marie rädd för och Pia lovade att följa med ut och prata med dem. Svär- föräldrarna bodde i en villa i Lerum och Pia körde sin mamma och lillasyster ut till dem. Farmor hade dukat upp ett rikligt kaffebord med smörgåsar, bullar, flera sorters hembakade kakor och en hembakad gräddtårta med bananer och kiwifruktsskivor i en ring ovanpå. Eva-Marie framförde sin önskan om att Teresa skulle döpas i Katolska kyrkan och bad dem att säga sin åsikt. Farmor hade gråtit och farfar hummat och harklat sig.

"Vad tror du Åke hade sagt?" frågade till slut farmor.

"Hmm. Ja, vad tror du han hade velat?"

"Det är ju svårt att säga, men vi pratade faktiskt om det när jag väntade Teresa och då sa han att vi skulle göra som jag ville." Eva-Marie svalde. Hon hade inga tårar kvar och kände sig lugn, det var som om smärtan gjorde henne immun mot ytterligare känslor.

"Sa han verkligen det?" frågade farmor och tittade på Teresa som låg i babysitsen och sov.

"Hmm. Men då vet vi ju vad han ville."

"Jag skulle bli väldigt glad om ni både ville vara med på dopet som blir en lördag. Efteråt bjuder jag på dopkalas hemma hos oss. Jag anlitar en cateringfirma som serverar en lunchbuffé."

Samtalet hade övergått i praktiska arrangemang och det hade blivit en vacker fest både i kyrkan och hemma med det halvårsgamla barnet som medelpunkt.

Emmy hade önskat att hon kunnat bjuda in Staffan men fann det olämpligt. Hon hade pratat med Barbro om sin önskan att Staffan skulle kunna vara dopfadder men de hade varit överens om att det kanske inte såg så bra ut. Barbro var en av faddrarna och den andra var Einar Simonsson som hade varit stolt som en tupp och kommit med en silversked som present till Teresa. Han hade till och med hållit barnet i sin famn en stund under den efterföljande lunchen men han höll henne stelt som ett föremål som lätt kunde spricka tills Emmy förde hans armar in mot kroppen så att Teresa låg mot hans bröst.

"Oj!" suckade han och sken med hela ansiktet. "Oj, vad mjuk hon är. Tänk om jag krossar henne!"

Alla hade skrattat och Teresa hade fäktat med armarna för att nå hans näsa. Emmy sade sedan till Barbro att det säkert var första gången som Einar höll en levande varelse i sin famn. Han förändrades påtagligt efter den händelsen och blev mer säker på sig själv. Så fort han såg Emmy med Teresa i kyrkan kom han fram och petade på och pratade med det lilla barnet. Man får lära sig allt i livet, tänkte Eva-Marie, till och med att umgås med ett barn och röra vid en annan människa.

Allt detta spelades upp för Eva-Marie den där söndagen när hon satt ensam i kyrkbänken och väntade på att kyrkklockorna skulle ringa. När ingångspsalmen intonerades rann tårarna utför hennes kinder och hade hon inte suttit inklämd mitt på kyrkbänken hade hon storgråtande rusat ut och hem. Nu lät hon tårarna rinna och torkade dem diskret med sin välstrukna vita näsduk med ljusblå virkad spetskant.

Pia hade fått kasta sig huvudstupa på ett tåg från Stockholm när hon fick reda på bilolyckan den mörka novemberdagen. Det fanns ingen annan lösning än att hon tvingades återvända till Göteborg och hjälpa Emmy i den omöjliga situation som uppstod. Hon hade inget val och hade aldrig med ett enda ord uttalat några negativa känslor. Förhållandet mellan mor och dotter låg på det praktiska och samarbetsnödvändiga planet. Tvärtom tycktes Pia vara nöjd med sin roll som kreativ utvecklare i firman. Hon skaffade sig insyn i branschen genom att besöka andra liknande företag både i Sverige och utomlands. Emmy var förvånad över hur lätt hon assimilerade ny kunskap. Pia stod sin farfar nära, hon kunde linda honom runt sitt lillfinger. Men samtidigt hade hon respekt för farfaderns livslånga erfarenhet och diskuterade utvecklingsmöjligheter med honom på ett så diplomatiskt och vänligt sätt att han som

alltid varit försiktig och konservativ nu stöttade Pia
och uppmuntrade hennes idéer.

Efter någon månad i sitt gamla flickrum hade Pia
börjat sova i Mats lägenhet på Tegnérsgatan. Efter
hans död överlät modern lägenheten på henne och
hon fick också möjlighet att efter en tid byta upp
sig till en tvårummare i samma hus. Mor och dotter
respekterade varandras vardag, de hade skilda
uppgifter på firman men de åt regelbunden
arbetslunch tillsammans, ibland var även farfadern
med för att dela med sig av sin erfarenhet.
Traditionen att bjuda svärföräldrarna på söndags-
middag en gång i månaden uppehöll Eva-Marie
och då var Pia givetvis med. Ibland kom hon också
för att vara barnvakt till sin lillasyster men Emmy
var försiktig med att utnyttja Pia som skulle
utveckla sitt eget liv och umgås med sina vänner.

Det första året hade blivit ett interimsår för bolaget.
Företagets revisor, Knut Svensson, gav ovärderlig
både praktisk och professionell hjälp med
dödsboet och bouppteckningar först efter Åke och
sedan efter Mats. Så fort skattemyndigheten sänt
registerutdraget, som visade att Eva-Marie och
hennes barn var de enda efterlevande, kunde detta
användas i bankkontakter och för registrering hos
Bolagsverket. Knut satt många gånger under det
första året hemma hos Eva-Marie med en uppsjö
av papper som hon skulle underteckna. Hennes
noggranna läggning (lite petig kunde man tycka)
krävde att hon först ville ha insyn i handlingarnas
betydelse. Knut var tålmodig och lugn och visade
ingen irritation även om han fick upprepa sig. Flera
gånger anklagade Eva-Marie skrikande och ilsken
sin bortgångne man för att han inte förberett henne

på vad som skulle ske om han dog. Hon hade många gånger frågat om inte hon kunde vara delägare i huset de bodde i. Han köpte deras första villa under förlovningstiden, de hade båda varit unga och hon hade inget att sätta emot och förstod inte konsekvenserna. När hon fört ägandeförhållandena på tal hade Åke skojat bort hennes oro med ord som att hon ville tillskansa sig förmögenhet och sedan ta död på honom, hon som läste så många deckare. Vid sådana tillfällen satt Knut tyst och lät Eva-Maries känslostorm ebba ut. När hon lugnat sig fortsatte han genomgången av ärendena. Hon hade tagit fram en olinjerad inbunden A4-bok där hon antecknade vad de gjorde och vad som skulle komma härnäst. Till följande träff med Knut hade hon antecknat en rad frågor. Han var på det klara med att hon skulle kunna klara upp situationen men hans inre ömmade för henne som en far bryr sig om sitt barn. Under dessa timmar och dagar vid matbordet som blivit ett konferensbord växte Eva-Maries och Knuts förtroende för varandra till en så djup vänskap att till och med Knuts hustru Karin blev avundsjuk och skämtade med sin man om hans lilla förälskelse. Men det var ingen förälskelse. Knut var över sextio år och Eva-Marie hade just fyll fyrtiotre år. När han gick tog han henne i famnen och hon lade sitt huvud mot hans bröst och lät sig vaggas till ro av hans armar.

Knut förklarade för henne bolagets organisation och ekonomi, personal och verksamhet. De gjorde paus så att hon kunde amma och byta på sin dotter men Teresa var tålig som om hon anade att modern behövde lugn i den pressade situationen.

Knut tog vid sådana tillfällen av sig den grå kavajen och hängde den över stolsryggen och blev så hemvan att han bryggde nytt kaffe och bredde smörgåsar när Emmy pysslade med den nyfödda dottern.

Efter hand som Eva-Marie blev insatt i firmans verksamhet växte frågan fram om Pia både borde arbeta och bli delägare i firman. Det hade ju varit Mats som var sonen och den framtida ägaren, han hade ju också hunnit arbeta under pappans semester och några månader tillsammans med pappan under hösten. Han hade fått ett eget arbetsrum och de hade tillsammans hunnit med några inköpsresor. Emmy hade förstått av Åkes alltid knapphändiga kommentarer att han varit mäkta stolt över att han skulle få visa upp sin son vid den stora pappersmässan.

"Nu när Mats tar vid får jag mer tid att spela golf", hade han sagt till Emmy som i sitt stilla sinne hoppades på att Mats inte skulle ta över Åkes överdrivna vanor och framför allt ovanor.

"Får han också tid att spela golf?"

"Ja, självklart. Han skall åka till Spanien och spela nu i september. Han blir borta tre veckor. Det blir bra för honom. Han kommer att sänka sitt handikapp. Säkert som amen in kyrkan."

"Tror du att han vill bli proffs?"

"Hmm, nja, jag vet inte. Så bra är han inte än."

Att Pia skulle arbeta i firman hade det aldrig varit tal om. Innan Eva-Marie nämnde den möjligheten för Knut ville hon själv fråga Pia, som avlöste modern vid vakandet uppe hos Mats på Sahlgrenska. De hade satt sig i restaurangen. Vanda passade Teresa. De här timmarna på sjukhuset var de absolut värsta på dagen. Avgörandet om den livsuppehållande vården skulle fortsätta eller avbrytas kröp allt närmare in i Emmys medvetande. Då och då nämnde de frågan liksom i förbigående. Jag orkar inte ännu, tänkte Emmy. Gode Gud, jag orkar inte fatta beslut, inte än. Hon hade bett läkarna om respittid men hon såg deras blickar. Hon skakade sakta på huvudet och blundade, läkarna såg hennes ångest och klappade henne lätt på armen.

Nu öppnade Emmy munnen för att säga något men hon slöt den och tog en klunk av kaffet. Dammsugaren sköt hon ifrån sig. Här förmådde hon inte äta någonting och hade bara delat kakan med gaffeln i mindre bitar. Pia trodde att mamman skulle prata om Mats och svalde hårt.

”Pia. Jag undrar … men du skall inte svara nu … jag respekterar ditt svar … vad det än blir. Jag undrar …

Pia tittade på sin mamma som var klädd i en grå dräkt med kort veckad kjol och vit ryschblus. Hon bar fortfarande de släta klassiska vigselringarna i guld tillsammans med en diamantring som hon fått när Teresa föddes. Pia visste att modern hade fått en för varje barn. Tre små diamanter fanns det i hennes ring, en större diamant i Mats och så den sista för Teresa med små diamanter runt hela ringen. Eva-Marie bar alltid respektive ring på deras födelsedagar. Nu satt hon och vred ringarna.

”Ja. Säg det du skall. Det är Ok.”

”Vill du börja arbeta i vår firma?”

”Ja. Det vill jag. Men det beror på vad jag skall göra. Jag vill inte ersätta Ingrid.”

”Nej, självklart inte!” Emmy log.

"Men mamma, minns du inte när jag skulle prya och vara hos pappa. Men då sade han att jag skulle vara hos Ingrid och då gick jag hem."

"Ja. Det minns jag. Du var hemma i fjorton dar."

"Ja. Jag blev så kränkt. Men det begreppet kände jag inte till då. Men det var som att jag bara skulle kunna vara springflicka."

"Jag tror inte pappa tänkte så. Han förstod inte. Hans mamma har ju alltid varit hemma och passat på dem. Så var det med hans farmor också. Pappa kunde inte tänka annorlunda. Det var ingen elakhet."

"Men för mig blev det elakt. Jag blev så himla ledsen."

Emmy strök lätt över dotterns hand.

"Jag har funderat så här. Men du skall säga precis som du tänker och vill. Jag tänkte att det skulle behövas en utvecklingschef, som har hand om sortimentet men som även breddar service-utbudet."

"Exakt! Det är precis så jag önskade. Hur kunde du veta det?"

Emmy log. Pia var plötsligt en helt annan. Hennes kinder blev röda och hon började gestikulera med händerna och lägga ut texten. Hon var som en kopia av sin mor. Fylld av idéer. Pratglad. Entusiastisk.

"Du. Nu måste jag gå upp till Mats. Jag skall be Knut kontakta dig och sätta dig in i firmans ekonomi och verksamhet. Du måste få information innan du går till firman så att du vet vad det handlar om. Knut kommer också att komma överens med dig om lön och anställningsförhållande. Det är viktigt att allt blir reglerat innan du börjar. Men tänka kan du göra. Så pratar vi vidare du och jag.”

De reste sig och Pia plockade ihop muggar och fat på brickan och bar iväg den till brickstället. Emmy betraktade sin tjugotvååriga dotter. Hon var kort till växten precis som sina föräldrar. Klädd i åtsittande jeans, en t-shirt som hängde ner under en svart mockakavaj. Håret var långt och uppsatt med en snodd i nacken. En lång halsduk i grått och vitt var virad runt halsen och hon bar en Louis Vuitton väska som hon slängde upp på axeln.

De snuddade varandras kinder.

Pia gick på lätta fötter i sina höga stövlar mot utgången och vidare mot sexans spårvagn som skulle föra henne till Korsvägen där Tegnérsgatan ligger.

Emmy gick fram till hissen för att föras upp till avdelningen där Mats låg bunden vid andningsapparater. Hon skulle ta hans torra händer, smörja dem med en mjuk väldoftande kräm och kyssa dem, röra sina läppar mot den hand som låg närmast henne. Läsa bönen Ave Maria, be om hjälp, omöjlig hjälp för sonen och ett skriande behov av hjälp för Pia och henne själv. Femtio Ave Maria, fem Fader vår och fem Ära vare Fadern. Sådan lisa det var att fokusera tankarna på bönernas välkända ord när hjärtat ville brista av sorg över sonen.

Eva-Marie hade inte varit någon flitig besökare på Essemka. Givetvis hade hon varit där då och då och sett lokalerna men hon kände inte till alla skrymslen och vrår, framför allt inte rutiner kring försäljning, distribution och lager. Med ett nyfött barn och en döende son kunde hon inte heller ge sig iväg till firman så det gick ett par månader innan hon bad Knut ta fram en ritning över hela varuhuset så att hon kunde sätta sig in i verksamheten.

En dag bredde hon och Pia ut ritningar över matbordet och började förutsättningslöst planera först kontorslokalerna, ta reda på hur många som arbetade där och var de hade sina rum. Eva-Maries pedagogiska kunskaper kom väl till pass. Hon bad Pia välja kontorsrum. De var helt överens om att Eva-Marie skulle ha det övergripande ansvaret, ha ansvar för personal, bankkontakter och ekonomi medan Pia skulle vara kreativ utvecklingsledare, ansvara för inköp och försäljningsverksamhet. Pia var envis med att mamman skulle använda det rum som Åke haft och hans pappa och farfar före honom men Eva-Marie var tveksam och de lät frågan bero. Hon funderade och funderade, lade till slut ett genomskinligt papper över kontorslokalernas ritning, antecknade den personal som de behövde och hur de borde finnas nära varandra. Skissade en stor hall med reception, ett konferensrum och små arbetsrum vid sidorna. Essemka skulle bli ett kontorsvaruhus.

Ingrid Norling var Åkes sekreterare och högra hand, hon hade sitt rum bredvid Åkes. Emmy ringde upp Ingrid och bad henne att skriva ner alla sina arbetsuppgifter och i den mån det gick tidsberäkna dem. Hon ombads att rangordna arbetsuppgifterna på så sätt att det hon tyckte var viktigast skulle komma överst. Ingrid hade inte bara varit Åkes sekreterare utan också hans älskarinna. Hon var något längre än Emmy, hade kraftig byst och kraftiga höfter (akterdelen hade

Åke kallat den). Ljushårig med alltid vällagt hår, sminkad, klädd i klänningar med skärp hårt åtdraget i midjan och högklackade skor. Förhållandet mellan Ingrid och Emmy hade varit neutralt, de konfronterade aldrig varandra men hade inte heller något gemensamt att tala om. Ingrid hade ju avvisats i och med att Åke och Eva-Marie hade ändrat sitt äktenskapliga liv. Det hade varit tårefloder och Ingrid hade till och med när hon fick veta att Eva-Marie var gravid varit sjukskriven en månad (vilket tidigare aldrig hänt). Men hon hade kommit tillbaka som Åkes sekreterare utan ökad lön vilket hon bönat och bett om och accepterat förhållandet. Eva-Marie hade gett Åke beröm för att han inte gav sig utan ställde upp på deras äktenskap och det väntade barnet.

Ingrid skulle komma hem till Eva-Marie tre dagar senare och då föra med sig anteckningarna. Emmys idé om den ombyggda kontorsvåningen var att placera Ingrid i receptionen men hon förstod att det kunde betraktas som en degradering. Eva-Marie ville bli personligen bekant med alla de anställda innan hon tog varuhusets kontor i besittning. Hemmet var hennes revir medan firman var de anställdas. Alla måste också få klart för sig att det numera var Eva-Marie som var chef och att hon tänkte gå in i den rollen. Hon förstod om det fanns oro inför risken att hon skulle sälja det hela, men det hade hon inte en tanke på. Det blev istället en utmaning för henne. När lilla Teresa sov eller när hon gick ut med henne i vagnen hade hon en uppsjö av ensamma timmar till att tänka och planera, väga för- och nackdelar, drömma och våndas.

Emmy beställde ett handarbete från England. Av konstnären Kaffe Fassett. Ett med många färger. Blommor i kraftiga mättade nyanser. Hon satt bredvid babysängen, ibland med gregoriansk musik i CD-spelaren alltmedan nålen med yllegarnet träddes upp och ner genom stramaljen och tankarna fick löpa fritt.

De första veckorna efter Åkes död hade huset fyllts med blommor och gäster. Släkt, grannar, vänner och arbetskamrater till både Åke och henne kom. Men efter jul, efter hennes födelsedag den 21 januari minskade telefonsamtalen till enbart nödvändiga meddelanden. Svårast hade Eva-Marie med de personer som ringde och frågade efter Mats och om hans tillstånd. Hon hade inget svar. Då ringde de istället till Pia som på sin mors uppmaning svarade att de såg tiden an. Emmy gillade de ålderdomliga uttrycken som ”att se tiden an”. De klingade vackert och förtröstansfullt. Men hon var klar över att ett beslut måste fattas.

Hon slog upp den tjocka röda volymen med Katolska Kyrkans Katekes. Paragraf ettusenfem. ”I det ´uppbrott´ som döden är, skiljs själen från kroppen”. Men var finns Mats själ nu? När kroppen ligger sönderbruten och anletsdragen inte kan ses bakom bandagen? Emmy kunde inte tänka, inte förstå, inte veta. Hon läste ”… själen bildar tillsammans med den mänskliga kroppen en mänsklig natur.” Ja, det förstod hon, kropp och själ, även om Jesuitpatern under filosofiföre-läsningarna i kyrkan talat om helheten, att allt var integrerat i personligheten. Men var fanns Mats personlighet nu? När han inte kunde fokusera, inte tala, inte meddela sig ens med en minsta

handtryckning. Eva-Marie läste vidare i katekesen:
”… själen och människans ´ande´…” och vidare
”… själen och människans ´hjärta´…”. En gång
hade hon frågat Jesuitpatern om man kunde säga
att människan bestod av kropp, själ och ande men
han hade återigen pekat på helheten i
personligheten och att man inte kan dela upp den i
delar. Hon läste vidare: ”… själen är direkt skapad
av Gud…”, men det är ju även kroppen och i den
har Gud blåst in sin ande. Vidare stod det: ”…
själen är odödlig …”. Hon uttalade orden högt för
sig själv, smakade på dem. De gav henne tröst men
inte någon ledning. Kroppen är dödlig men själen
är odödlig. Hon förstod inte vad själen var för
något men hon upplevde både Åkes och sina
föräldrars närhet trots att deras kroppar var borta.
Var det själen? Det var inte bara minnet av dem,
det var något mer. De gav henne tröst, ibland
frågade hon dem om råd och även om hon inte
bokstavligt talade med dem växte mognaden fram
inom henne. Hon förstod att det egentligen var
hennes tankeverksamhet som bearbetade
problemen. Men hon fick hjälp av de döda. Det här
vågar jag inte säga till någon, tänkte Emmy, då tror
de att jag är galen och tror på det övernaturliga, det
som de visar på TV och som hon tyckte var enbart
löjligt. Nej, det var en bearbetning inom henne själv
och hon tog tacksamt emot den inre ledning hon
kunde få som hon var i så starkt behov av. Hon
slog igen katekesen och placerade den i bokhyllan.
Hon strök över dess rygg och rättade in den mellan
en gammal sångbok *Psalm och sång* och *Gyllene äpplen*,
idéhistorisk läsebok i två band redigerad av Gunnar
Broberg. Mats var inte katolik men hon var det,

hon fick vara det i hans ställe, han som inte gav några reflexer, inga tecken mer än de som hjärtmaskinen registrerade dag som natt.

Inget är som blodsband, tänkte Emmy, när hennes syster Miriam ringde och frågade om hon kunde titta in på en kopp kaffe. Hon hade köpt var sin bakelse på Steinbrenners. Emmy tog tacksamt emot besöket och dukade på köksbordet. Teresa sov. Vanda hade gått för dagen och Emmy hade gjort sitt dagliga besök hos Mats på sjukhuset.

Miriam var mellanstadielärare och gift med Joakim, kallad Jocke, lärare på Samskolan. De hade tre vuxna barn: Susanne var tjugofem år och utbildad mellanstadielärare, Vera var tjugotre år och utbildade sig till fritidspedagog och Mårten var tjugoett år och hade ännu inte bestämt sig för vad han skulle ägna sig åt. Efter studenten hade han åkt till Thailand som så många andra ungdomar och därefter arbetat i restaurang. Emmy tyckte mycket om sina syskonbarn. Markus hade tvillingpojkarna Karl och Gustaf som gick sista året på Hvitfeldtska och skulle ta studenten till våren. Sedan skulle de ut och flygluffa runt världen. Tänk om Mats gjort det istället för att arbeta hos Åke då skulle han kanske fortfarande ha varit i livet, tänkte Emmy, men slog genast bort de tankarna. En människas dagar är räknade, det var hon övertygad om och tänk om han legat på ett sjukhus i andra delen av världen, det hade varit ännu värre.

Samtalet mellan Miriam och Emmy gled mellan olika poler, de visade varandra nytagna foton, Emmy berättade om sina planer för firman och fick feedback. Miriam berättade att Susanne hade träffat en ung man, en läkarstuderande, som hon tydligen var förtjust i. De berörde försiktigt situationen för Mats och Emmy pratade om sina kval inför ett avgörande om fortsatt vård.

”Jag skulle vilja prata med Staffan och fråga vad han tycker”, suckade Emmy medan hon fyllde på deras kaffekoppar.

”Men gör det. Det behöver du väl inte tveka om.”

”… men jag verkar så hjälplös … som om jag inte kan fatta beslut själv.”

”Tveka inte. Du behöver någon som kan sortera dina tankar och det tror jag Staffan kan efter vad du sagt.”

”Åkes gamla kompisar ringer någon enstaka gång och då frågar de hur det blir med Mats. Precis som om han vore ett föremål som man kunde kasta bort om det inte är funktionellt.”

”Bry dig inte om dem.”

”Men vad skall jag svara? Jag blir tyst i telefonen. Jag vet faktiskt inte vad jag skall svara dem. Jag vill inte bli osams med dem.”

”Vad skulle det göra? De är väl inget att hålla i handen.”

Teresa vaknade och ville ha uppmärksamhet.

”Här kommer moster Miriam”, kvittrade hon. ”nu kommer moster Miriam till lilla gullebarnet Teresa.”

Redan samma kväll ringde Emmy upp Staffan för att be honom om råd. Efter de inledande fraserna med rapport om den tre månader gamla dottern gick Emmy rakt på sak och frågade honom om råd hur hon skulle hantera situationen med Mats. Staffan ville ha betänketid och kolla upp vad Katolska kyrkan skrev om en sådan här situation.

Hon berättade att hon talat med kyrkoherden och att han menade att det ur Kyrkans syn inte fanns något hinder att avbryta vården.

Ett par timmar senare ringde Staffan och när han förklarat vad han läst sig till på nätet från officiella källor och centrala personers tolkningar bad Emmy honom om att få hämta papper och penna och anteckna punkterna som han framförde. Han låter lite som en föreläsare, tänkte hon, men hans sammetslena röst lugnar mig och jag har tror på det han säger. Nej, det är inte bara rösten, det är hans kristallklara analys utan tillstymmelse till fromleri, som tilltalar mig.

"Man kan betrakta situationen ur både juridisk och etisk synvinkel."

Eva-Marie antecknade medan Staffan fortsatte:

"Det finns så vitt jag vet inga som helst juridiska hinder för att man avbryter en livsuppehållande behandling som är utsiktslös. Det är ju läkarnas bedömning som du kan åberopa."

"Men de vill ju ha mitt medgivande."

"Ja, men när en behandling inte står i proportion till det förväntade resultatet bör den inte fortsätta. Alltså när den inte är meningsfull för patienten. När den inte ges för patientens skull. Då kan man enligt mina källor avbryta den utan betänkligheter."

"Nej, inte utan betänkligheter."

"Det är riktigt att du har betänkligheter. Men Mats lever nu i ett vegetativt tillstånd som inte gagnar honom. Det finns inget rimligt hopp, så vitt jag förstår, att han skall kunna återvända till ett fungerande liv. Han har inte längre några levande reaktioner."

"Nej. Men jag hoppas, hoppas. Det är så svårt att lämna över honom."

Staffan var tyst. Han hörde Eva-Maries förtvivlade gråt.

"Vad sa kyrkoherden?"

"Han sa detsamma som du", hon hackade fram orden.

Det var tyst på telefonledningen. Hon visste att Staffan var där. Kanske grät även han. Han är så känslig, tänkte hon.

"Kan vi inte prata om något roligt en stund?"

"Jo. Jag har varit hos tandläkaren idag."

"Det var väl inget kul!"

"Nej. Men det hände något lustigt. Något tragikomiskt. Det kom in en äldre kvinna och satte sig i väntrummet. Hon hade en stickad mössa neddragen över huvudet, kappa och vantar. Hon tog av sig kappan men varken mössa eller vantar. Det var tumvantar. Sådana där Lovikka, du vet, med en blå och röd snodd vid handleden. Hon pustade och suckade. Då kom tandsköterskan ut, fick se henne och anmärkte: ´Men Gerd inte skall du komma idag!´ kvinnan stod på sig och försökte – fortfarande med vantarna på – att dra upp ett papper ur fickan."

Staffan skrattade och lockade med sig Eva-Marie. Hon visste att han skrattade åt poängen som skulle komma.

"Då drog hon upp ett paket kondomer."

Staffan skrattade så att han inte kunde prata.

"Vi var fem i väntrummet. Alla män. Dessutom kvinnan och syster. Tandsköterskan plockade från golvet upp en smutsig näsduk, nycklar och paketet. ´Då ligger lappen i andra fickan´ sa kvinnan. Där låg den inte. ´Men du sa ju att jag skulle komma tillbaka på onsdag!´ men det är ju tisdag idag. ”

Staffan skrattade och lockade Eva-Marie med sig.

”Så hon fick gå hem igen. När hon stängt dörren efter sig utbröt ett skrattanfall i väntrummet och vi hade vilda gissningar vad hon skulle använda kondomerna till. Då var det en som kläckte idén med att hon skulle ha den över en mikrofon när hon spelade in fågelläten.”

Mats begravdes i Östra kapellet en skimrande solig februaridag. Pastorn i Missionskyrkan var officiant men även Eva-Maries kyrkoherde var med och läste bibeltext och böner. Vänstra partiet var fyllt av hans gamla klasskamrater och vänner, både flickor och pojkar. Eva-Marie, Pia, farmor och farfar satt på första raden till höger, där bakom satt kusiner, mostrar och morbröder, Åke och Eva-Maries vänner och några från firman. Ingrid och Kents äldsta dotter Sofie sjöng *Nocturne* av Evert Taube: *Sov på min arm! Natten gömmer under sin vinge din blossande kind.*

Farmor hade gråtit stilla när Emmy berättade om sitt beslut. Farfar hade tagit upp näsduken, hummat och harklat sig.

”Du är duktig, lilla Eva-Marie!” hade farmor sagt.

”Hmm. Ja du tänker igenom allt innan du fattar beslut.”

”Det är tungt för dig, lilla vän.”

”Hmm. Ja vi är inte till mycket hjälp.”

Emmy hade berättat att hon skrivit under tillåtelsen att läkarna fick ta de organ de kunde ha nytta av. Hon tyckte att Mats då gav sitt liv för andra. Svärföräldrarna hade inte sagt emot henne vad det än gällde.

"Du är fortfarande så ung. Och vi är så glada över lilla Teresa. Och så Pia förstås."

"Men en son är en son. Och ni har mist både son och sonson."

"Ja, det har vi. Men vi tänker inte så. De är hemma hos Gud nu."

"Hmm. Tror du inte det?"

Eva-Marie dröjde med svaret.

"Jo. Men jag känner att både Åke och Mats faktiskt är närmare mig nu. Jag bär Mats i mitt hjärta och behöver inte tänka på att han är på Sahlgrenska. Han känns faktiskt närmare nu."

Eva-Marie hade ringt upp Mats flickvän Sara och de hade träffats på Ahlgrens konditori. Sara hade en enda gång varit uppe hon Mats på sjukhuset och Emmy hade gett henne rådet att inte gå dit fler gånger utan att gå vidare med sitt liv. Hon hade hämtat några saker som hon hade i Mats lägenhet och visste att Pia numera bodde i den. Nu berättade Emmy om sitt beslut att avbryta den meningslösa vården och Sara accepterade det utan invändningar. De hade pratat om kärlek och förälskelse och att Sara skulle bära med sig det goda som hon och Mats under ett år haft tillsammans.

"Jag tror inte att du kommer att glömma Mats någonsin. Men jag tror att minnet inte kommer att göra dig ledsen utan du kommer ihåg det bra och roliga."

"Du är klok du Eva-Marie!"

"Jag har kanske lite mer erfarenhet."

Men himlen hade inte skyddat Eva-Marie. Hon läste dikten högt för sig själv. Kunde den utantill men följde ändå orden på den gulnade boksidan. *Nattmusik.* Den tunna boken var tryckt år 1947. Markus hade köpt den på en loppmarknad för fem kronor och gett sin syster i julklapp. Hon hade älskat dikterna från första stund. Anna Greta Wide. En Göteborgsförfattare. Lärare. En gång hade Eva-Marie tagit reda på var hon låg begravd. På Kvibergs kyrkogård. Hon åkte dit och hittade graven men på den stod inte författarens namn, bara hennes pappas namn: Otto Wide Familjegrav. Graven sköttes av Kyrkogårdsnämnden och på den var planterade enkla orange begonior. Urnfält tre, gravnummer etthundrafemtiotvå. Eva-Marie hade haft med sig en stor rosenbukett.

Samtalet med Ingrid hade resulterat i att Eva-Marie fick en lista med inte bara hennes egna arbetsuppgifter utan personalens namn, relationer och arbetsuppgifter, anställningsförhållande och lön. En efter en kallades de hem till Eva-Marie för enskilda samtal. Ingrid var bryggan som schemalade samtalen och försedde dem med uppgifter som de skulle föra med sig. Ingrid hade varit påtagligt nervös när hon anlände första gången men sedan hon beundrat lilla Teresa och överlämnat en söt rosa sparkdräkt bjöd Eva-Marie henne att sätta sig vid matbordet i stora rummet medan hon själv satte sig mittemot. Hon var van vid föräldrasamtal och tänkte på vilken nytta hon hade av sin utbildning och åren i skolan. Hon pratade rakt på sak och förklarade syftet med samtalet. Sade att hon inte kände till firman men eftersom den nu var hennes och hon ämnade driva verksamheten vidare måste hon lära känna den och de som arbetade där. Ingrid blev lättad och började gråta men Eva-Marie lät henne snyfta färdigt utan att kommentera känsloutbrottet.

”Jag förstår att du saknar Åke. Han berömde dig mycket och ansåg att du var en stöttepelare i firman, att du sitter inne med personkunskap och känner till verksamheten.”

”Sade han det?”

”Ja, det sa han. Och jag önskar att du vill fortsätta att arbeta i firman även om det numera är jag som är ansvarig. Du kanske kommer att få lite andra arbetsuppgifter, det vet jag inte ännu och jag kan inte heller lova varken dig eller någon annan ökad lön. Jag måste få grepp om det hela först. Men det är min önskan att du skall vara kvar hos oss.”

”Tack! Tack! Jag var så nervös för att du skulle slänga ut mig.”

”Jag vet ju att du och Åke stod varandra nära.”

”Visste du det?”

”Ja. Det visste jag. Först misstänkte jag det, men så småningom erkände Åke.”

”Blev du inte arg på mig.”

”Nej.”

”Jag hatade dig när ni gifte om er, eller vad det nu heter …”

”… förnyade våra äktenskapslöften.”

”Ja, just det. Och så när du blev gravid. Då ville jag mörda dig.”

Eva-Marie log lite försiktigt och Ingrid fortsatte:

”Jag önskade att det hade varit jag som blivit gravid. Men jag och Åke var mer som syskon fast vi försökte lite sexlekar ibland.”

Ja, jag förstår mycket väl hur det hela gick till, tänkte Eva-Marie, han var inte särskilt potent. Men hon sa:

”Ni var faktiskt lite lika, som om ni verkligen var syskon.”

Många år senare skulle en liten fågel sjunga i hennes öra, att farfar David haft ett förhållande med Ingrids mor, som arbetat i firman men plötsligt slutat. Alla bär vi våra hemligheter, skulle Emmy tänka.

Sidorna i Eva-Maries inbundna bok fylldes med frågor om firmakonstruktion och skatter, om ägande och bokföring, om vinst och avskrivningar. Knut fortsatte att komma och matbordet hade blivit ett konferensbord. Hon köpte en kraftig grön filtduk som täckte de utdragna bordsskivorna. En dukad bricka stod färdig och på kvällen ställde hon fram koppar, fat och vattenglas. Termoskannan laddades och i en plåtburk fanns ett urval av kakor. Pennor, linjaler och anteckningsblock fanns till hands. Det såg effektivt ut, vilket också Knut kommenterade. Hon redovisade vilka hon talat med och vilka slutsatser hon dragit, sina funderingar över lönesättningen i personalgruppen och att de inte hade ordentliga anställningsavtal. Hon frågade om det fanns avtal med facket. Själv var hon ju van vid kommunens rutiner och menade att det måste finnas trygghet både för den anställda och för firman.

En dag frågade hon Knut om fördel eller nackdel med aktiebolag. Han blev förvånad men positivt intresserad och förklarade skillnaden mellan enskild firma, handelsbolag och aktiebolag. Att omvandla Essemka som var ett handelsbolag till ett aktiebolag skulle enklast kunna ske genom att de köpte ett redan befintligt bolag och sedan ändrade dess namn. Hon hade övervägt om det var lämpligt att ganska snabbt ändra firmans namn och när hon och Pia hade pratat om detta hade de stannat för namnet kontorslandskapet. Pia ville vidga verksamheten från att enbart sälja kontorsmaterial till att även sälja tjänster som att designa färdiga kontor för mindre företag. Eva-Marie avslöjade inte för Knut att Pia pratat om att skräddarsy enmansföretag till exempel i rosa, vitt eller svart vilket hon trodde att kvinnor som öppnade eget kunde tända på. Hon hade också funderat på om de skulle kunna erbjuda enkel bokföringshjälp och att designa kontor i olika storlekar. Idéer hade både Pia och Emmy men det gällde att utveckla långsamt med ett steg i taget. Från början hade SMK mest sålt papper och pennor, gem och hålslag men så småningom hade de utvidgat med möbler och till slut även kontorsmaskiner. Både Eva-Marie och Pia var överens om att det var dags att ta ett nytt steg i utvecklingen men Eva-Marie tvekade om rätta tidpunkten.

Sent en eftermiddag ringde det på dörren. Det var sällan som någon kom oanmäld och Emmy tänkte att det kanske var något barn som sålde chokladbollar för en skolresa. Hon gick barfota, skorna hade hon sparkat av sig under köksbordet där hon satt och löste korsord, hon hade en kort kjol och löst hängande jumper. Utanför stod Harry Wieslander. De kände varandra ytligt. Han var äldre bror till Hubbe men hade aldrig varit med i Åkes grabbgäng. I handen höll han en oinslagen chokladask *Noblesse* (29,90 på Fokus, tänkte Eva-Marie).

"Hej lilla Emmy!" Harry var en halv gång längre än hon så han tittade ner på henne. Klädd i blå blazer, vit skjorta, färggrann slips med segelbåtar, grå byxor och välborstade svarta skor. Han uppträdde alltid snobbigt. Vad han arbetade med visste hon inte, det var alltid lite diffusa uppgifter som kunde dölja dagdriveri. Något i försäljnings-branschen var det visst.

"Hej!" Hon sträckte fram handen och tog emot chokladasken, men stod kvar i dörröppningen för att hindra honom att komma in.

"Hur har du det stackars lilla vän? Jag är så orolig för dig. Att du går här ensam och är ledsen."

Pyttsan, tänkte hon.

"Får jag inte komma in?"

"Nej! Det passar inte!" Emmy stod kvar med båda fötterna på tröskeln.

"Men varför då? Jag tänkte bara prata lite."

"Nej! Det går inte!"

”Men det förstår jag inte. Kan du inte bjuda mig på en kopp kaffe nu när jag har kommit hit?”

Hennes hjärna gick på högvarv. Vad skulle hon säga? Tänk om han bara tryckte sig in? Han skulle hur lätt som helst kunna fösa undan henne. Hon skulle inte ha en chans mot honom.

”Kanske jag kan bjuda dig tillsammans med grabbgänget någon gång men nu är du inte välkommen och jag ber dig att respektera mitt nej.”

”Det var en annan sak jag tänkte fråga dig om. Det ryktas om att du inte tänker sälja Essemka utan ge dig in i firman som chef. Du förstår nog inte att det är alldeles för svårt för dig. Det behövs en riktig karl till det. Du skulle bli helt bortdribblad av leverantörerna. Jag har ett förslag att komma med. Vi skulle kunna göra så att jag hjälpte dig. Du vet att Åke och jag diskuterade ofta affärerna och jag gav honom ofta nya idéer och feedback. Men det vet du förstås inte vad det är. Ett modernt begrepp. Jag är säker på att Åke hade tankar på att jag skulle bli vd. Mats var ju en gröngöling. Han hade inte Åkes hårda nypor.”

Emmy försökte att inte reagera på Harrys oförskämda harang. Hon trodde inte ett ord på vad han sade och Mats var givetvis ung men han hade alldeles säkert blivit en utomordentlig efterträdare till Åke. Och Åke hade inga hårda nypor. Han hade varit alldeles för snäll för det. Då hade hon nog lättare att fatta svåra beslut om det var nödvändigt.

Hon sa inget men tittade Harry rakt in i ögonen. Han fladdrade med blicken och bytte ideligen fot.

”Vad säger du? Jag vill gärna hjälpa dig. Min lilla söta vän!”

Fortfarande reagerade hon inte med ett ord på det han sagt, vilket uppenbarligen fick honom att känna sig osäker. Hennes läppar hölls samman till ett streck. Men när hon tog till orda var rösten kall och hård:

"Den hjälp jag behöver får jag från personer som är väl insatta i allt som rör SMK och som jag litar på. Så de förslag du har nämnt är inte aktuella. Och nu ber jag dig återigen att gå härifrån."

"Ok!"

Han vände sig om och väste:

"Hora! Du lilla inbilska bortskämda hora!"

Eva-Marie reglade dörren och hörde hur han gav den ett slag troligen med en knuten hand. Hon höll fortfarande chokladasken i handen. Lutade sitt huvud mot den stängda dörren, blundade medan den uppgivna känslan övergick i ilska.

Plötsligt kom en händelse tillbaka till henne. Det var under tiden hon väntade Teresa. De hade varit i föräldrarna Wieslanders sommarstuga i Frillesås. Det var i början av september, hon var i sjunde månaden. Alla i bekantskapskretsen var där, även farfar och farmor, hon och Åke. De hade suttit på bockar vid långbord och Eva-Marie hade kommit att sitta bredvid Harry. Hon hade ursäktat sig inför honom eftersom hon delvis vände honom ryggen då flera kom för att prata med henne.

"Det är bara bra! För du är så äcklig med din tjocka mage!"

Eva-Marie hade plötsligt börjat gråta, rest sig från bordet och gått ner mot havet. Hon hörde Ingrid snäsa åt honom att han skulle sköta sig och sedan hade hon sagt till Åke att gå efter och trösta.

Åke hade mycket riktigt kommit lufsande efter henne men sagt åt henne att sluta gråta.

"Sluta böla. Den där är inget att bry sig om! Han är som han är! Han är en nolla!"

Hon hade bitit ihop. Torkat tårarna och återvänt men fortfarande sved minnet av att Åke inte försvarade henne vid bordet.

Nu gick hon med bestämda steg fram till soppåsen där hon kastade den oöppnade chokladasken, knöt igen och satte dit en ny. I samma stund bestämde hon sig för att söka sig en annan bostad.

Det tog ett helt år efter Åkes död innan Eva-Marie var mogen att träda in som chef i firman. Formellt hade hon varit ägare hela den mellanliggande tiden men hon hade inte förmått att gå till lokalerna när verksamheten var igång. Vid flera tillfällen hade hon bestämt sig för att gå dit men orken hade inte räckt hela vägen. Inte heller farfar David gick dit. Pia hade redan under våren börjat sitt arbete vilket blev mer som introduktion och läroperiod än en reell arbetsinsats. På Sönernas Myréns kontorsmaterial, SMK eller Essemka, rullade det på i gamla hjulspår men Eva-Marie visste att vinsten under året skulle vara mindre än tidigare år. Hon tänkte med tacksamhet på att hon inte behövde ha några ekonomiska bekymmer och hur det varit om hon lämnats ensam med ett barn att försörja. Hon hade sitt arbete som fritidspedagog men efter den stipulerade barnledigheten hade hon sagt upp sin plats i kommunen. Hon insåg att hon inte skulle återvända till skolvärlden och accepterade situationen, nu skulle hon satsa på en annan nisch. Tjejerna i hennes gamla arbetslag hade varit hemma hos henne vid ett par tillfällen men Emmy kände att hon dag för dag fjärmade sig från deras vardag, hon kände inte barnen de talade om och det hade även kommit en ny lärare och en ny fritidspedagog in i laget. Var sak har sin tid, tänkte hon. Man får tacka för det som varit och se det kommande an med tillförsikt.

Nu var det advent, mer än ett år efter Åkes död, och hon hade bjudit hem hela personalen på Essemka för att tacka för året som gått, informera om ändringar i firmans struktur och på så sätt göra ett tydligt avstamp för en förändring. Hon hade bestämt sig för att i januari börja arbeta halvtid. Vanda skulle passa Teresa under förmiddagarna och så småningom skulle Eva-Marie försöka få in henne på förskolan men ännu var hon för liten, hon var ju bara dryga året men tultade omkring med stöd av bord och stolar. Hon var pigg och glad och strålade som en liten sol för varje framsteg hon gjorde.

Hela personalen var inbjuden, sammanlagt trettiosju personer, där fanns försäljare och lagerarbetare, lokalvårdare och kontorister. De flesta var fast anställda men fyra ungdomar hade ungdomsplats, även de skulle få komma med till Myréns. Farfar och farmor skulle komma. Pia var ju anställd så hon var givetvis med. Emmy hade anlitat en cateringfirma som kom dagen innan och dukade, ordnade all mat och serverade, dagen efter skulle de ställa allt i ordning. Men Eva-Marie och hennes syster Miriam dekorerade borden, ordnade med placeringen och det Emmy kallade för logistiken. De flesta hade varit hemma hos dem tidigare, på Åkes fyrtioårsdag och några som arbetat på firman nästan hela sitt liv hade kommit även vid andra tillfällen. Så hade ju Eva-Marie också träffat dem härhemma en och en eller i mindre grupper för att bli bekant med dem och lyssna till dem när de berättade om sina arbetsuppgifter. Hon kände sig trygg inför mötet med hela personalstyrkan men upplevde samtidigt anspänning. Hon ville att det skulle bli en positiv stämning, hon önskade att de skulle våga lita på henne och även vilja vara med att utveckla firman.

Det låg spänning i luften när de anlände en efter en eller i grupper. Det var vinter och alla hade ytterskor som skulle bytas, mössor och halsdukar, rockar, jackor och kappor. De visades ner i källarvåningen där flera vädringsställ var uppställda som klädhängare. Extra speglar var uppsatta så att de kunde rätta till frisyrerna. Det viskades tyst och försiktigt. En tydlig högtidlighet rådde. Alla visste att Eva-Marie skulle avslöja firmans framtid men de visste också att ingen skulle bli uppsagd även om de skulle bereda sig på andra arbetsuppgifter och roller.

Kvällen började med att alla samlades i våningen där "konferensbordet", som matbordet numera kallades, stod dukat med glögg med tillbehör och pepparkakor. Där fanns både vinglögg och alkoholfritt och Pia hade textat tydliga skyltar. Teresa, som under kvällen skulle passas av sin moster Miriam, vandrade från famn till famn. När alla kommit överlämnade den äldste och tillika längst anställde Arnold Segersäll en rosa dockvagn av senaste modell inköpt från Tyskland. I dockvagnen låg en babydocka och blundade på broderade lakan och litet quiltat täcke i rosa och grönt. Det var Ingrid som tillsammans med de andra kontoristerna utrustat och sytt kläder till dockan. Teresas ögon var stora inför denna härlighet även om hon egentligen var för liten för presenten, men hon växte för varje dag och Emmy såg personalens odelade glädje över den present de gav det lilla barnet. SMK var ju ett familjeföretag och många i personalen hade sett Pia och Mats växa upp. Sorgen över Åke och Mats märktes, de äldre tog upp näsdukar och snöt sig diskret även om de skrattade när de såg Teresas hänförelse och Eva-Maries glädjetårar över presenten.

Efter det inledande minglet bjöds de ner i gillestugan där bord var utsatta så att samtliga fick sittplats. Placeringskort var utlagda. Eva-Marie, farfar, farmor och Pia satt vid var sitt långbord och de äldsta i firman satt bredvid dem. Ingrid hade hjälpt till och försökt blanda män och kvinnor. Under förberedelserna hade Pia och Emmy fått idén att firman skulle införskaffa ett antal bord, klaffstolar och porslin som deras kunder kunde leasa till sina firmafester.

Eva-Maries inbundna liggare var fylld med anteckningar och den andra i ordningen hade just börjat användas. Den hade hon nu med sig när hon skulle tala om firmans framtid. Eftersom det var adventstid bjöds på en jultallrik med sill, Janssons frestelse, skinka och leverpastej, mycket grönsaker och ost. På borden stod höga cylindervaser fyllda med exotiska frukter som skulle serveras som efterrätt och därefter skulle kaffe och tårta sättas fram och det var då Eva-Marie planerade att berätta om firmans framtid.

Eva-Marie var klädd i en slät svart klänning med rund halslinning och korta ärmar, klänningen slutade precis ovanför knäna och hon bar svarta strumpor och svarta skor med skyhöga klackar. Ingrid hade dragit efter andan när hon såg dem och viskat:

"Jimmy Choo?"

Emmy log och nickade.

"Vågar jag fråga vad de kostar…"

"Över fyra."

Ingrid drog in andan och suckade:

"Men det är du värd. Du har varit så fantastiskt duktig det här året!" och så grät hon så att hon fick störta in på toaletten.

Till den svarta klänningen hade Emmy valt ett treradigt pärlhalsband, på ena armen en silverklocka med Georg Jensenarmband och på en andra ett slätt armband, denne danske smyckestillverkare var hennes absoluta favorit. Den enda ring hon bar var den ring som Åke beställt till henne när Teresa skulle födas, hon hade hittat beställningskvittot i hans plånbok. Hon hade själv hämtat ut ringen och betalt den. Hon var som alltid kortklippt och såg ut som en effektiv affärskvinna och den församlade personalen tittade på henne – inte utan beundran – när hon reste sig upp och lätt slog i glaset.

"Kära farfar David och farmor Ester! Kära Pia! Kära alla ni som arbetar för att Essemka skall vara ett bra kontorsvaruhus! Visst är det bra att man inte kan se in i framtiden. För hur hade vi då klarat av att leva under den tid då Åke och Mats ännu andades och fanns bland oss. Om vi vetat att de skulle försvinna från oss. Då var livet så självklart att ingen enda kunde tänka sig att det inte alltid skulle förbli så. Men det var inte självklart att livet skulle vara på det viset. Det skulle inte vara självklart att Åke alltid skulle ha sin mobil på – även när vi åt – för något som rörde Essemka kunde ju behöva hans omedelbara svar. Inte var det självklart att livet alltid skulle vara så när jag ibland – faktiskt ganska ofta – var irriterad över att han inte kom hem som han lovat och maten blev kall. Och inte var det självklart att Mats alltid skulle komma hem med sina smutskläder och slänga in dem i tvättmaskinen så att den nya vita t-shirten fick en obestämd murrig kulör. Nej. Så var livet, med glädje och irritation, med kärlek och bekymmer, med gråa vardagar och då och då en stor kram med orden: "Lilla mamma, jag älskar dig." Så är allas våra liv och det enda vi vet är att det kommer att ta slut. Men varför skulle det ta slut så tidigt? Det frågar vi oss alla. Jag har ett motto som är ett citat från Dag Hammarskjöld, ni vet han som var generalsekreterare i FN och omkom i en flygolycka i Afrika, i Rhodesia tror jag det var, 1961 om jag minns rätt. Han har skrivit orden: "Mot det förgångna tack, till det kommande: ja!" De orden är mitt motto. Det är så jag lever nu. Jag säger tack till det som varit. Men jag säger också ja till det som kommer."

Många hade smusslat med sina näsdukar under början av Eva-Maries tal men hon var själv lugn och stadig på rösten. Hon hade skrivit ner det hon ville säga, hon stod lätt stödd mot sin stol och hade de två som varit längst anställda på ömse sidor om sig, på ena sidan lagerchefen Arnold Segersäll, en lite rödlätt man med slickat hår, klädd i mörk kostym och grå slips, han tillhörde Smyrnakyrkan. På andra sidan satt en av försäljarna, Tore Wikberger, en fullständig motsats till Arnold. Tore var lång och kraftig, inte tjock, men kraftigt byggd och hade en mullrande stämma och en aldrig upphörande svada. Eva-Marie hade alltid svårt för sådana som pratade nonstop men Tore kryddade sina haranger med historier och slående uttryck så att han lockade alla sina åhörare att skratta. Det hade också varit hög stämning vid borden, först lite tvekande som om man inte riktigt vågade sedan allt mer uppsluppet. Eftersom det var julmat som serverades fanns öl och andra måltidsdrycker men ingen snaps och inget skålande. Firman hade alltid haft lite frikyrkligt stuk och många anställda tillhörde de olika frikyrkorna. Även bland personalen fanns familjerelationer med barn och ingifta. Farfar och Åke hade uppmuntrat sådana anställningar, de resonerade som så att lojaliteten med firman växte om flera familjemedlemmar arbetade där.

Eva-Marie fortsatte:

”SMK är ju ett familjeföretag. Det ärvdes och drevs vidare från son till son. Det var ju därför inte så underligt att Mats när han tagit studenten så smått började arbeta tillsammans med Åke. Själv blev jag ingift i firman, den kom alltid i första hand och familjen i andra. Nu är ägandet ett annat. Jag som inte tidigare hade några djupare kunskaper om själva verksamheten, dess tillgångar och resultat, jag står nu som ensam ägare till det hela.”

Alla hade sina blickar vända mot Eva-Marie. Hennes röst var stadig. Hon hade inga svårigheter att hålla tal, kanske var det ett arv från hennes mor och far som både varit vana att tala i offentliga sammanhang. Ingrid ömsom log och ömsom torkade sina tårar där hon satt bredvid farfar David. Hon var klädd i en röd sammetsklänning med generös urringning som gav hennes byst rättvisa. När hon satt där svallade kjolen ut över stolen men Emmy kunde inte se hennes ljusa silkeslena strumpor och högklackade röda pumps. En enkel liten diamant hängde i en guldkedja i halsen och Emmy undrade om hon fått den av Åke. Konstigt nog hade hon aldrig hyst någon avundsjuka mot Ingrid. Kanske hade hon innerst inne önskat att Åke skulle bryta deras äktenskap och gifta sig med Ingrid. Men så hade aldrig skett och nu var Emmy tacksam för det. Hon var glad över att hon och Åke lyckats att återfinna sin kärlek och att lyckan var så fullständig när han dog. Det var som när en glödlampa skall slockna, dessförinnan lyser den ett kort ögonblick starkare än någonsin tidigare.

Eva-Marie vände blad. Hon hade skrivit ut talet på datorn och gjort många ändringar. Till slut hade hon mejlat över det till Staffan och bett honom om hjälp. Han hade kortat ner framför allt de personliga funderingarna men försökt att göra talet både mjukt och omväxlande så att det inte skulle låta alltför affärsmässigt. Hon uppskattade Staffans synpunkter, de sporadiska kontakter de hade var alltid fyllda av ömsesidig respekt men alltid med ett litet skratt på slutet.

”Nu kommer jag att berätta om de planer vi har vad gäller själva firmans struktur, jag kommer att berätta om vissa ombyggnadsplaner och om förändringar i firmans service och utbud. Ni kommer säkert att ha många funderingar och frågor men jag tror att det är bättre att jag först berättar allt i ett enda svep och att vi sedan bryter. Ni som önskar kan då ta med kaffekoppen upp till nästa våning eller sitta i andra grupperingar härnere. Blir det bra så?"

Eva-Marie tittade först på Arnold som nickade och sedan på Tore som med stark stämma sa:

"Det blir jättebra! Det tycker vi alla!"

Folk tittade på varandra och fnissade.

"Vi", här tittade Eva-Marie direkt på Knut Svensson, revisorn, som satt till vänster om farmor Ester. Han nickade uppmuntrande mot Eva-Marie, "vi har ombildat SMK till ett aktiebolag med namnet Kontorslandskapet."

Man tittade på varandra och nickade. Det lät bra.

"I aktiebolaget har jag själv aktiemajoritet med sjuttio procent. Mina döttrar Pia och Teresa äger tio procent vardera och farfar och farmor, David och Ester, fem procent vardera. Dessutom är farfar förmyndare för Teresa."

När hennes beslut om bolagsförändring mognat hade hon invigt Pia i planerna. De bjöd hem farfar och farmor och de hade alla suttit runt matbordet med den gröna konferensduken när hon lade fram förslaget.

"Men inte jag", hade farmor sagt, "jag kan inget om ekonomi. Jag kan bara baka bullar."

"Hmm. Ja. Ester har ju aldrig varit intresserad."

"Det hade jag väl varit om du tillåtit mig. Men ingen har frågat mig. Någonsin."

"Hmm."

"Men kära farmor, nu gör jag det, och jag vill absolut att du skall vara delägare i firman. Du och farfar har ju byggt upp den så att den blivit så här stor och du har uppfostrat Åke att ta över. Hade du inte stöttat farfar och Åke hur skulle de då ha klarat sig?"

"Hmm."

"Men…", Ester tog upp en näsduk med grön virkad kant, " … men tror du … tror du … att jag klarar det då?"

"Ja, det är självklart! Annars hade jag inte frågat dig."

Farmor tittade på sin man.

"Hmm. Då blir det som Eva-Marie vill. Det blir bra."

Eva-Marie tittade ner i sina papper:

"Vi har beslutat att redan nu så snart som möjligt efter jul börja bygga om lagerlokalerna. Det kommer att medföra en del besvär och försämra arbetsmiljön för er alla under en tid och jag vädjar till er att ha förståelse för detta. Vi gör denna förändring för att få det mer modernt och lätthanterligt men också för att få en bättre överblick över vad vi säljer alltifrån gem till stora kopiatorer och bokhyllor. Vi planerar att bygga en tydligare entréhall och därinnanför färgstråk som slussar våra kunder till olika avdelningar. Den stora lagerlokalen kommer alltså att delas i mindre delar. Förhoppningsvis kommer vi klara detta under våren och under sommaren renoverar vi kontorslokalerna."

Man tittade på varandra och insöp varje ord som Eva-Marie sade. Ingen yttrade ett ord, ingen ställde en fråga. Någon tog tyst upp en frukt eller en drack slurk kaffe men diskret för att inte störa koncentrationen.

"Ni kommer alla att få ett exemplar av våra planer nu ikväll, hon pekade på en hög häften som låg i travar på ett bord bakom henne. Men det är som jag säger, bara planer. Jag ber er alla att studera det hela och gärna komma med mindre förslag till justeringar. Det är ju ni som har erfarenhet av verksamheten och kan se misstag och komma på smartare lösningar. Vårt viktigaste mål med firman är att ge våra kunder bra redskap för deras arbete. Kan vi förenkla för dem då har vi lyckats och då kommer de tillbaka till oss."

Folk hade vänt stolarna så att de skulle kunna se Eva-Marie. Ingrid hade flyttat sin stol så att hon satt närmare farfar, hennes kjol snuddade hans byxben och hon hade lagt sin hand i hans.

"Men vi är nu inne på tvåtusentalet och de unga som nu startar firmor kommer att serva folk långt in mot 2050-talet. Vi måste alltså se framåt, utveckla, tänka oss in i hur våra kunder borde tänka. Vi skall ligga steget före. Det är inte lätt att tänka nytt. Därför har Pia anställts och hon kommer att utveckla en helt ny avdelning. Vill du Pia berätta lite om dina planer om framtiden på Kontorslandskapet?"

Alla vände sig mot Pia som var klädd i svarta långbyxor och en kort svart väst med broderier i svart. Hennes långa hår var uppknuten i en svans med en svart ros. Hon bar en skjorta som hängde under västen, den var mönstrad i svart och vitt.

"Ja hej allihopa!"

"Hej! Hej!" Många hälsningar hördes från de lyssnande. Man lät uppmuntrande och förväntansfull.

"Först vill jag tacka för att ni varit så bussiga mot mig under det här året. Jag kunde ju absolut ingenting när jag började men ni har haft tålamod med mig när jag kommit med dumma frågor."

"Du kommer aldrig med dumma frågor. Du kommer med smarta frågor som vi andra är för dumma för att komma på." Tore upphävde sin bullrande stämma och slutade med: "Om inte din stränga mamma vore här skulle jag lägga till *Sötnos* men det vågar jag inte."

Allmänt skratt utbröt.

"Jo. jag tror att vi måste tänka lite större än gem och suddgummi. Vi måste tänka helhet. Vi måste tänka hela kontor. Färdiga kontor. Med rubbet."

Man applåderade.

"Tänk er en person som vill starta eget. Hon … för det är oftast en hon … behöver pärmar och hålslag, häftapparat, dator, kassaapparat och kopiator. Men hon har ingen erfarenhet och så ger hon sig ut och köper det ena här och det andra där. Hon skall komma till oss och vi skall erbjuda henne det som vi vet hon måste ha!"

Applåderna fortsatte och många ropade "Bra", "Rätt tänkt", "Vad kul", "Hur kom du på det?"

"Nu är det så att de flesta som startar eget inte har mycket pengar och då kan man göra ett kit i tre varianter; budgetstuket, smartstuket och lyxstuket!"

Nu kunde folk inte hålla sig utan började prata med varandra. Eva-Marie slog i glaset och plötsligt blev alla tysta men man såg att de var sprängfyllda med frågor och synpunkter.

"Nu är det december men vi vet alla att om vi skall satsa på en försäljningshit till nästa jul är det

hög tid att starta nu. Nästa års julklapp till alla
kvinnor kommer att bli *Det smarta kökskontoret.* I
rosa! Vad sägs om det?"

Man tittade på varandra. Tappade nästan hakan.

"Jo, titta på ert eget kök. Jag är säker på att det i
något skåp ligger räkningar, recept, gummisnoddar,
komihåglappar men allt i ganska stor oordning. Nu
är det så att jag har en mycket ordentlig mamma."
Pia satte handen lite vid munnen som om hon
skulle viska. "Hon är faktiskt lite pedantisk. Och
när hon bad mig ta hem pärmar för sin *skräphylla*
bad hon mig ta hem pärmar med vita ryggar. Hon
frågade efter ett hålslag och en häftapparat i vitt.
Och det vet ni att sådana inte finns att få tag i. Det
var då jag fick idén. Smyg in i köket däruppe och
kolla! Superordning!"

Till och med Arnold skrattade och klappade
Eva-Marie lite försiktigt på armen.

"Givetvis skall även kökskontoret finnas i
budget-, smart- och lyxvariant. Vi har också idéer
om att starta en sektor med kontorsdesign och en
med kontorsrensning, vilket innebär att man kan
köpa ett så kallat begagnat kontor. Till detta
behöver vi nytt folk och nu, mamma, får du ta
över."

"Ja. Det här blev mycket men av era applåder
förstår jag att ni tycker att det skall bli roligt att
bredda vår service och vårt utbud. Men som alla
talare säger i en sådan här situation. Rom byggdes
inte på en dag. Som ni alla vet har jag arbetat inom
skolan som fritidspedagog. Jag tror på utbildning.
Därför kommer vi att erbjuda er alla en gemensam
policyutbildning i form av halv- och endagskurser
och dessutom utbildning för dem som vill gå in i

våra nya verksamhetsgrenar. Jag och Pia skall hålla i dem tillsammans med Knut. Vi behöver anställa designers men det blir troligen på projektbasis. Först och främst vill vi att ni som redan arbetar tillsammans med oss vill ta på er nya arbetsuppgifter och framför allt är positiva till förändringarna. Det är normalt att känna osäkerhet när man inte vet vad det nya innebär, det finns alltid farhågor för att man inte skall klara av det nya. Så känner alla. Och det är varken bra för den enskilda eller för firman om någon får arbetsuppgifter som man inte mäktar med. Vi får utvecklas tillsammans, lugnt och stabilt. Men vi måste också våga ta steg framåt! Vi startar nu och utvecklar långsamt med ett steg i taget. Själv kommer jag efter nyår att finnas på kontoret mellan nio och ett varje dag. Jag har barnvakt till Teresa. Men jag kommer att vara tillgänglig per telefon på eftermiddagarna för frågor och beslut."

Eva-Marie stängde sin anteckningsbok som ett tecken på att hon talat färdigt. "Och nu är det äntligen slut på den här långa utläggningen. Ta nu mera kaffe och tårta. Det finns frukt kvar och cider finns både härnere och däruppe. Tag också var sitt häfte. Tack för att ni lyssnade. Och så önskar vi alla stor framgång för Kontorslandskapet!"

Livet för Emmy fick med tiden sina inrutade rutiner. Teresa var på förskolan varje dag. Hon hade valt *Theresias Katolska Montessoriförskola* i Haga. Även hennes lekkamrat Clara gick där. Emmy skjutsade dem dit och kunde för det mesta även hämta dem. När det inte var möjligt gick Vanda och hämtade barnen, de tog spårvagn vilket båda flickorna var stormförtjusta över. Teresa kom-

menterade det hon såg och Vanda återberättade det
när Emmy kom hem.

"Lyssna här Teresa!" Emmy tog sin dotters
händer i sina och tittade henne rakt in i ögonen, då
visste Teresa att mamman var allvarlig och att hon
sade något viktigt. "Du får inte prata högt på
spårvagnen för då stör du andra resenärer. Du skall
viska."

"Men mamma! Vanda hör inte så bra!"

"Men du måste visa hänsyn till andra på
spårvagnen och kanske inte viska men inte prata så
att andra hör. Och du får absolut inte säga något
om hur andra människor ser ut eller vilka kläder de
har."

"Men mamma. Ibland blir jag så full i skratt. Du
skulle se en gubbe. Han kom med fyra kaschar med
tomma ölburkar. Han satte dem på golvet. En av
dem välte och alla burkarna for ut och rullade runt
i vagnen. Men då sa en tant till honom att så fick
man inte göra och då gick han av."

"Det heter inte kaschar. Det heter kassar."

Emmy undrade hur flickan kunde veta att det var
ölburkar. De hade sällan sådana hemma, bara om
hon skulle bjuda någon, hon gillade själv inte
ölsmaken.

"Kassar, Kaschar, Kassar, Tassar, Taschar,
Tassar!" sjöng Teresa och sörplade i sig mjölken så
att munnen fick en vit mustasch.

I sådana ögonblick kunde Emmy inte bli arg på
sin dotter. Hon skrattade men kände ett styng i
hjärtat hur hon skulle kunna klara av att uppfostra
dottern själv. Teresa hade en sprudlande energi och
charmade alla som kom henne nära. Men hon var
ovanligt foglig och lydig och ville inte att någon

skulle bli arg på henne. Hon är alltför känslig, tänkte Eva-Marie, det kommer hon att få lida för men samtidigt var hon glad att dottern inte var hård och elak. Varför kan det inte vara lite lagom? Men förskolan gjorde henne gott och hon hade fått många nya kamrater, både flickor och pojkar. Flera av dem såg de i kyrkan på söndagen och de vinkade lite försiktigt till varandra där de satt med sina föräldrar. Teresa hade en favoritkille som hette Lukas. En eftermiddag vid matbordet berättade hon:

"Lukas pussade mig idag."

"Gjorde han!"

"Jaa."

"Var pussade han dig?"

"Bakom trädet."

Emmy fnissade Det här ville hon berätta för Staffan. Han skulle säkert uppskatta historien men hon drog sig för att besvära honom. Varje fredag sände han ett SMS med tillönskan om en god helg och hon besvarade det. Men telefonsamtalen var alltmer sällsynta. Hon ringde bara om hon hade en direkt viktig fråga.

Ganska snart efter att de blivit ensamma i huset, Teresa och Emmy, efter Åkes och Mats död, bestämde hon sig för att byta hus men det gick mer än två år innan hon kontaktade en mäklare. När hon promenerat med Teresa i vagnen hade hon tittat på olika hus och trodde att ett av de engelska husen på Stora Gårda skulle passa bra. Det skulle vara tryggare för dem båda och mer lämpligt. Men när det kom till ett avgörande valde hon att dela ett tvåfamiljshus med en annan familj. Hon köpte undervåningen och en annan familj Brehmer som hade en dotter Clara i samma ålder köpte samtidigt övervåningen. Clara var också enda barnet och gick i samma förskola som Teresa. Rolf Brehmer var född i Tyskland, mamman Elisabeth hade även hon tyska föräldrar men var född i Sverige. De var båda läkare. I huset bredvid bodde en tredje lika gammal flicka Frida. Hennes pappa Håkan Aronsson arbetade inom IT-branschen och mamma Gunnel var lärare på Samskolan och kollega med Eva-Maries bror Markus.

Eftersom Eva-Marie så gott som alltid var hemma på eftermiddagarna kom alla tre flickorna så småningom att vistas hos henne. Hon hade ju vanan inne som fritidspedagog att ta hand om barn, föreslå lekar och sysselsättningar. Teresa var den som gärna ville bestämma men så var de ju också hemma hos henne. Men Emmy var noga med att de alla tre skulle ha sina egna mjukisdjur, egna ritblock och kritor, var sin hylla att förvara sina saker på och gömma sina hemligheter. Clara var mörkhårig, lite smalare och längre än Teresa, född i januari medan Teresa ju var född i november. Hon kunde säga ifrån om hon tyckte att Teresa bestämde alltför mycket men stridigheter var sällsynta. Oftast lekte de bra tillsammans. Frida var en lintott med nästan vitt hår, hon var mer undfallande och Emmy försökte att puffa fram henne. Hon var rädd för att bli instängd och kunde inte ens sitta innerst på kökssoffan utan ville alltid ha en flyktväg. Claras föräldrar var katoliker medan Frida var döpt i Svenska kyrkan även om hennes föräldrar bara gick dit på familjeceremonier.

Jag har två jobb tänkte Eva-Marie. På förmiddagen är jag företagschef och på eftermiddagen fritidspedagog. Ett tredje arbete kom när hon började studera konstvetenskap på Göteborgs Universitet. Den drömmen hade hon haft i många år och om Åke inte dött hade hon säkert börjat efter sin Romresa. Men istället blev hon ensamstående småbarnsmamma och drömmarna förpassades in i glömskan. Åke var inte intresserad av konst, han köpte stora tavlor i möbelaffärerna, bara de var stora med bred förgylld ram tyckte han att de var värdefulla och han ville se vad de föreställde, helst landskap med berg och sjöar. Eva-Marie gillade modern konst som han föraktfullt hade skrattat åt, räta linjer, gubbar med förvrängda ansikten, inga skuggor, framställda i konstnärernas lekstuga, sade han. Konstnärer var något han inte tog på allvar. Åkes tavlor hade inte fått följa med till Emmys nya hem och för varje år köpte hon något nytt i konstväg. På lördagarna gick hon med Teresa och botaniserade i gallerier och på konstutställningar, hon var sparsmakad men samtidigt inte rädd att köpa när hon verkligen gillade en sak.

Under resan till Rom för sex år sedan hade hon drabbats av målningarna i Sixtinska kapellets tak. Verkligen drabbats. Hon kunde inte glömma dem. Satt under ensamma kvällar med konstböcker framför sig och analyserade bilderna. Hon hade ett pussel som föreställde hela takets målningar och hon lade det om och om igen och följde med fingerspetsen över valvbågar och nischer. I ett bokställ placerade hon en uppslagen bok med målningar av Sixtinska kapellets tak med bland annat de kvinnliga och manliga profeterna och hon studerade deras olika karaktärsdrag, klädernas böljande linjer och profeternas koncentration på det budskap de förmedlade. En av de målningar som hon var mest tilltalad av var Syndafloden, en av takets mittplafonder. I bokverket var den avbildad över båda boksidorna.

Småflickorna älskade den bilden och upptäckte efter hand personer som kom upp ur vattnet med hushållsredskap i händerna, en kvinna som bar ett uppochnedvänt bord på huvudet på vilket låg krukor, fat och bestick. De räknade människorna, fick olika resultat och fick börja om igen. Försiktigt för att inte solka bilden med sina små fingertoppar pekade de på den ena figuren efter den andra. Emmy hade kontrollräknat och fått fram att det fanns sextiofyra människor, en åsna, en duva och några korpar enbart på denna enda plansch. Flickorna fantiserade över vad människorna kunde heta och hur det skulle gå för dem när de kom upp på land och varför deras kläder inte klibbade mot kroppen. De pekade ut scener som Eva-Marie själv inte upptäckt och de hade funderingar som hon häpnade över. Vi vuxna extrapolerar, tänkte hon, vi ser sådant som egentligen inte finns med i bilden, vi drar slutsatser utifrån den skildrade situationen. Barn ser det som avbildas utan förutfattade meningar. Emmy läste högt för dem ur Bibeln om de svarta korparna som återvände till Arken och den vita duvan som Noa skulle släppa ut för att söka ett friskt blad. De upptäckte olivträdet på klippan och följde med sina små nätta händer duvans tänkta färd, hur den bet av en olivkvist och flög tillbaka till Arken. De tyckte synd om den döde mannen som bars i land av en äldre man och Teresa frågade om någon burit hennes döde bror Mats på det sättet. Eva-Marie svarade att varje mor vill bära sitt döda barn i famnen men att man bara gör det i sina tankar. Flickorna lärde sig att den döde mannen var Jesus men tröstades av att hans mamma och pappa satt på klippan och sträckte ut armarna för att ta emot honom. Emmy var tveksam till om hon verkligen borde berätta allt detta för barnen men i samma ögonblick de uttryckt sin sorg över den döde skrattade de åt hur vinden tog tag i en kvinnas kjol och blottade hennes bara stjärt och åt den gamla Marias lustiga hatt. Barn är rationella, tänkte Emmy, de tar både liv och död naturligt, de accepterar sorg och glädje, skratt och tårar på ett annat sätt än vi vuxna. Snart hade de övergivit Emmy och den uppslagna konstboken och spelade musik och dansade i Teresas rum.

Eva-Marie bar på önskan att få skriva en uppsats, en analys av syndaflodsbilden av Michelangelo men än så länge gick hon grundnivå med tjugo högskolepoäng i Konst- och bildvetenskap vid Göteborgs universitet. Hon deltog i föreläsningar och seminarier, gjorde studiebesök och både muntliga och skriftliga redovisningar. Hennes kurskamrater var i blandad ålder men hon var inte alls äldst medan flera av de yngre var i Mats och Pias ålder. Hon kunde inte komma ifrån att hon kunde vara mamma till dem. Men ingen talade om ålder, man pratade om kursböcker, som vissa av dem lånade men som Eva-Marie hade råd att köpa, de talade om tentorna, hur mycket man läste hemma och varför man över huvud taget studerade ämnet. Några skulle satsa på en framtid i museer, andra studerade arkeologi, någon var journalist och ett par tre var utbildade lärare. Två av dem, en äldre kvinna och en ung man med rödmålade naglar, han hette Karl, var konstnärer.

Eva-Maries andliga liv gick på sparlåga. De flesta söndagar åkte hon med Teresa till högmässan klockan elva. Visserligen hölls familjemässa halvannan timme tidigare och då och då gick de till den, men högmässan var lugnare och Teresa hade inget emot att vara med på den. Flera av hennes kamrater var där, de satte sig ungefär på samma plats varje söndag, det blev på så sätt hemvant. Hon fick ta med en bok att titta i under predikan men ofta satt hon och iakttog kyrkfönstrens målningar. Det fanns mycket att titta på under en katolsk mässa med sanctusklockor och rökelse, korstecken och knäfall. Och så Lukas som ofta satt ett par bänkar framför.

På vardagskvällarna var det svårt för Emmy att komma iväg till vardagsmässan. Hon ville inte ha barnvakt till Teresa mer än nödvändigt även om både släkt och vänner gärna ställde upp. Emmy saknade strukturen i sitt andliga liv och förstod att om hon skulle bevara sin tro måste hon schemalägga även det. Men än fick det vänta ett tag. Hon insåg att hon inte fick pressa sig själv. En gång hade Staffan sagt att Emmy var alltför religiös och borde tona ner det. Hon hade tagit illa vid sig och blivit ledsen. Samtidigt osäker. Hon litade etthundra procent på honom men också på sig själv. Och det här fick hon inte att gå ihop.

Hon var på Kontorslandskapet varje förmiddag och arbetade effektivt där så att hon inte skulle behöva ta med arbete hem. I sin inbundna liggare med blanka olinjerade sidor förberedde hon kvällen innan vad hon skulle göra. Efter att hon på ett nytt uppslag i boken skrivit datum delade hon in sidan i tre delar: måste, bör, vill. Under rubriken måste skrev hon in samtal som skulle ringas med telefonnummer till hands, personliga samtal, fakturor och bokföring som skulle följas upp, annat smått och gott som krävdes av henne. Under rubriken bör kom de uppgifter som skulle påbörjas eller planeras och hon lärde sig att om hon började arbeta med dessa i god tid minskades hennes måsten. Eva-Marie hade alltid en hel rad idéer som hon ville testa och de skrevs in under rubriken vill. Liggaren som hon nogsamt valt ut bar hon med sig till planeringsmöten och både Pia och Ingrid nappade på idén och skaffade sig liknande. Pia ville till och med saluföra liggare i sitt "smarta-kontor"- koncept tillsammans med en lättläst broschyr om hur den kan användas.

Eva-Marie var fylld av idéer och hon föreslog sin dotter Pia att hon skulle få designa loggboken för människor som arbetar på kontor och går mycket på sammanträden, ja egentligen alla som kan disponera sin egen arbetstid. Hon hade fått idén från en tidigare elev på fritids när han, Mikael Jonsson hette han, börjat sitt arbete. Det skulle vara en inbunden bok i A4-format. Viktigt att man inte kunde dra ut sidorna hur som helst. På varje uppslag skulle finnas plats för datum och vänster sida delades in i tre delar med rubrikerna måste, bör och vill. Syftet var att bli mer effektiv och planera sin dag. På pärmens insida skulle finnas en beskrivning hur boken skulle användas. Under rubriken måste skriver man in sammankomster, telefonsamtal och annat som man måste göra under dagen. Under rubriken bör noterar man arbetsuppgifter som man verkligen bör ta itu med och som kanske inte ligger så nära i tid att det måstes göra. Under den tredje rubriken antecknar man sådant som man verkligen vill satsa på, det kan vara förändringar och förbättringar eller projekt som man bär i sitt huvud. Om man aldrig tar itu med det man bör göra samlas det en massa måsten och man får aldrig tid att göra det man vill. Boken skulle vara olinjerad, högersidan blank och där kunde man klistra in dagordning för sammanträde eller idéer och frågeställningar som uppkommer under dagen. Till boken skulle höra fyra spritpennor där köparen kunde välja grovlek i färgerna svart, blå, grön och röd. Eva-Marie var mycket för att använda olikfärgade pennor. Man måste sätta färg på sin tillvaro, brukade hon säga när någon kommenterade hennes färgpennor.

En annan idé hon hade som hon föreslog Pia var dagboksskrivande. Eva-Marie var van att skriva dagbok, det hade hon gjort i smyg under många år. Hon tyckte inte att det var något att prata om vitt och brett. Hon hade funnit litteratur om ämnet och framför allt att skriva kreativ dagbok vilket innebar att hon inte så mycket skrev ner vad som hänt under dagen som tankar och idéer hon hade, planer och önskningar och farhågor. Dagboken blev som en inre dialog med henne själv. När en av hennes dagböcker nästan var fullskriven och hon hade slut på sitt privata lager kom hon på att de skulle ordna ett dagboksrum på firman där de saluförde allt som behövdes för att skriva kreativ dagbok, nämligen inbundna böcker och pennor i flera färger, linjaler och klistermärken. Hon skissade sin idé och gick till Pia som tyckte förslaget var bra och tillsammans med annan personal avgränsade de en liten avdelning möblerad med hyllor för dagböcker i skiftande storlek och tjocklek, fina linjaler och sprit- och kulspetspennor i härliga nyanser. De köpte också in adekvat litteratur, två läderfåtöljer, ett litet bord och en golvlampa. De ordnade ett bord med plats för sex till åtta personer där man skulle kunna ha kurser. Först utbildade Eva-Marie personalen som arbetade med detta samt sådana som önskade deltaga och dessutom hade hon kurser på kvällar eller lördagar för kunder som var intresserade.

Även det andliga livet måste schemaläggas, tänkte Emmy, och avsatte till att börja med fem minuter på väg mellan kontoret och hämtningen av Teresa på förskolan. Hon parkerade bilen satte timern på ringning på mobilen och satt med slutna ögon helt tyst och stilla.

För att klara av Åkes oväntade död, den ofantliga smärtan av Mats död, övertagandet av firman och omstruktureringen av den, Teresas spädbarnsår och den svåra ensamheten hade Emmy bitit ihop tänderna så att tandläkaren måste slipa ner dem. Hon gjorde muskelgymnastik med mun och käkar framför spegeln och hon lärde sig avslappningsövningar.

Nu skulle hon försöka öva meditation under några minuter tre gånger i veckan. Min pedagogiska utbildning hjälper mig i olika situationer, tänkte Eva-Marie och skrattade för sig själv. Undrar vad Staffan skulle säga om det? Hon började att läsa aftonbön högt för sig själv. Teresa sov och ingen annan hörde henne. Hon började med Fader vår, Ave Maria och avslutade med att hon läste tjugotredje psalmen, ”Herren är min Herde ...” Hon gillade att lära in saker utantill. Ibland sjöng hon en psalm när hon låg där ensam i sin bädd. Mest gillade hon en husförhörsvisa en räknevisa från Skattungbyn med tolv bibelreferenser upprepade i nummerordning.

Hennes mål var att meditera under tjugo minuter tre gånger i veckan i kyrkan där inget annat kunde störa henne. När hon väl formulerat sin avsikt gick det fortare och lättare än hon anat. Hon parkerade bilen, gick in i den öppna kyrkan och tände ett ljus i Mariakapellet, timern på mobilen ställde hon in på den tid hon beslutat sig för och tvingade sig att ligga kvar på knä tills telefonen vibrerade i jackfickan. De första gångerna var det svårt men det blev lättare för varje tillfälle.

Under fastetiden stannade hon framför en korsvägsstation i taget. Andra perioder använde hon sig av kyrkfönstrens motiv för meditation. Hon berättade aldrig detta för någon. Det är mellan Gud och mig, tänkte hon, bara det också kunde ersätta min ensamhet. Men vad beträffar den upplevde hon inget bönesvar. Kanske så småningom, men inte än, tänkte hon, och mindes moder Teresas av Calcutta upplevelse av andlig torka. Moder Teresa vars saligförklaring i Rom hon var närvarande vid, då både Åke och Mats fortfarande levde och hennes förälskelse i Staffan ännu inte klingat av. Moder Theresa som Emmys lilla dotter var uppkallad efter.

En kväll ganska sent ringde Staffan, han hade i Sankt Eskils kyrka i Örebro sett att en vallfärd till

Vadstena skulle anordnas i början av september, han frågade om Eva-Marie skulle åka dit. Hon hade sett samma affisch i sin kyrka och verkligen funderat på om hon skulle ta med Teresa. En buss skulle ordnas från Göteborg men hon hade ännu inte bestämt om hon skulle åka i egen bil. Det skulle bli en lång resa för Teresa med mer än tjugofem mil i vardera riktningen. Det här året skulle mässan hållas på Vadstena slotts borggård men Staffan tyckte att miljön med anor från Gustav Vasa var en underlig plats för en katolsk mässa. När vallfärdens mässa vissa år hölls i idrottshallen ville han absolut inte åka dit. Till idrottshallar går jag på sport och inte kyrkliga begivenheter. När Eva-Marie frågade var han tyckte mässan skulle hållas svarade han att den givetvis skulle hållas i Blåkyrkan. Hon frågade om han skulle åka ensam om han åkte till Vadstena men han höll det inte för troligt att han skulle åka alls.

Einar Simonsson som hade regelbunden kontakt med Staffan hade berättat att denne ofta syntes med en kvinna Bodil Johnsson. Eva-Marie ville inte fråga vem det var och hur hon såg ut, men Barbro Bergman ställde de frågor som hon gissade sig till att Eva-Marie ville ställa. De hade samlats en kväll hemma hos Bergmans. Den grupp som åkt tillsammans till Rom för sex år sedan när Åke fortfarande levde och Teresa ännu inte var född. De hade träffats minst en gång om året, flest gånger hos Eva-Marie eftersom hon hade sitt lilla barn, men några gånger hos Bergmans och en gång hos Gunilla Persson, som bodde i en tvårummare i Biskopsgården. De hade aldrig varit hemma hos Einar i Änggården vilket Eva-Marie varit en gång tillsammans med Staffan. Einar var lite tafatt där han bodde i sitt gamla barndomshem där ingenting var förändrat. Eva-Marie förstod inte varför Gunilla som var så ruschig inte erbjöd sig att hjälpa honom. Gunilla och Einar skulle komplettera varandra. Hon var några år äldre än han. När Eva-Marie sade det till Staffan skrattade han hjärtligt och menade att Einar ville ha en yngre kvinna.

"Men är det inte bättre att ha en något äldre kvinna än ingen alls?"

"Einar vill så gärna ha barn!"

"Du uppmuntrar väl inte honom till sådana idéer?"

"Jo, jag känner för honom. Jag kan föreställa mig hans längtan."

De hade talat med varandra om det här ämnet många gånger under årens lopp. Staffan talade varmt för Einar medan Eva-Marie tänkte sig eventuella barn och hur han skulle vara som pappa. Hon hade upplevt hur han mjuknade när han såg Teresa och hur han med sin tafatta kärlek försökte närma sig den lilla flickan. Men som pappa! Nej!

"Stackars barn!" sa Eva-Marie och Staffan skrattade i andra ändan av telefonledningen.

Del 2

Första lördagen i september hölls stiftsvallfärden till Vadstena. Eva-Marie hade efter mycket funderande till slut anmält sig att följa med i bussen och likaså skulle Clara och hennes föräldrar Rolf och Elisabeth deltaga. Flickorna var eld och lågor för denna utflykt med så många vuxna. De hade inget begrepp om vad Vadstena var, hur långt det var dit och hur tröttsam resan skulle vara.

Kvällen före vallfärden lade Emmy fram vad de skulle ha med sig. Bussen skulle avgå redan halv åtta på morgonen vilket var tidigt både för mor och dotter. Teresas rosa ryggsäck ställdes på bänken bredvid Eva-Maries. De måste ta med sig regnplagg även om väderlekssajten *Vad blir det för väder?* visade en sol bakom moln men inga regnstänk i Vadstena. Teresa hämtade sin cerisefärgade regncape och sydväst. Nej inga stövlar behövdes. Matsäck för resan. Kaffe för Emmy och choklad för Teresa, det skulle göras på morgonen och termosarna ställdes bredvid varandra vid vattenkokaren. Bröd plockades upp ur frysen så det hann tina och Teresa fick paxa för vilket pålägg hon ville ha. Ett äpple och en banan skulle också läggas ner nästa morgon så ingen diskussion skulle behövas.

”Hämta nu din rosenkrans!”

Teresa kilade iväg in till sitt nattygsbord och kom tillbaka med det rosa plastradbandet. Eva-Marie hade en gång varit nere i Lilla Theresas bokhandel bredvid kyrkan tillsammans med alla tre flickorna, Clara, Frida och Teresa för att hämta en bok som hon beställt. Flickorna tittade sig runt i affären på alla spännande föremål med helgonbilder och krucifix, radband och ikontavlor. I en skål låg en hög små plastradband i bjärta färger. De var självlysande. Teresa som visste att hennes mamma inte gillade att hon tjatade om att få köpa något när de var i en affär, tog ändå ett knallrosa radband i handen, gick fram till sin mamma och frågade om hon inte tyckte att det var vackert.

"Tycker du att det är vackert?" frågade Eva-Marie.

Teresa sög in luften. Djupt. Länge.

"Jaa!"

"Bra. Då får ni välja var sitt radband, alla tre."

Flickorna valde länge och väl och Eva-Marie och Andreas, som ansvarade för butiken, såg på varandra och log.

Till slut enades flickorna om att Frida skulle ta ett mintgrönt radband, Clara ett ljusgult och Teresa ett rosa. När de kommit hem ringde Eva-Marie till Fridas mamma, berättade om besöket i affären och frågade om de hade något emot att Frida fick ett radband. Givetvis nekades hon inte även om Gunnel deklarerade att hon inte visste hur det skulle användas men inte trodde att det skulle skada. Hon kunde ju alltid ha det som halsband.

Teresa kollade med Clara vad de skulle ha med sig. De lät så beskäftiga när de planerade resan till Vadstena, föga medvetna om vad det skulle innebära med stora folksamlingar och långa mässor. Men det skulle vara mycket att se på om de bara orkade hålla sig vakna hela dagen.

Hunden Tuss skulle tillbringa dagen hos Vanda som inte skulle följa med bussen. Hon bodde mitt emot kyrkan och Eva-Marie och Teresa skulle lämna hunden på morgonen och hämta när bussen återkom på kvällen. Därför gjorde de också i ordning en liten resväska till hunden med vatten-

och matskål, lite hundgodis och en pläd som Tuss kände igen. Hon skulle ligga på Vandas dörrmatta och vänta på dem när hon inte låg i Vandas knä och såg på TV.

Vartannat år anordnade Stockholms katolska stift en vallfärd till Vadstena. Biskop Anders Arborelius stod för inbjudan och folk anlände i bussar och bilar från stora delar av Sverige. Årets vallfärd hade temat *Låt barnen komma till mig.* Stor del av programmet försiggick utomhus. Själva högtidsmässan hölls på slottets borggård för att alla människor skulle få plats men avslutningen hölls som alltid i Blåkyrkan. Eva-Marie kände just inga personer från andra platser än Göteborg men Claras familj skulle möta släktingar under dagen. Emmy hade deltagit en gång tidigare så hon visste i stort sett hur allt skulle fungera. Hon var ängslig för att Teresa som ännu inte fyllt fem år inte skulle orka med hela dagen och hade tankemässigt förberett sig på att de två skulle dra sig tillbaka till en park där Teresa kanske kunde somna eller åtminstone vila en stund.

På lördagen vaknade både Teresa och Emmy redan klockan fem. Det var för tidigt att gå upp och de låg i Eva-Maries säng och småpratade om ditt och datt. Så småningom blev det tid att göra sig i ordning och Teresa var ivrig att komma iväg så hon ställde sig med sin ryggsäck vid dörren tillsammans med Tuss ivrigt påhejande Emmy att skynda sig.

I god tid for de ner till Heden och parkerade bilen. Framför kyrkans breda trappa stod Vanda och väntade på dem. Tuss som var van vid henne hoppade av glädje omedveten om att både matte och lillmatte skulle åka ifrån henne. Hon tittade snopet när de klättrade upp i bussen. Teresa och Clara ville sitta bredvid varandra och Eva-Marie satte sig på sätet bakom invid fönstret och Claras föräldrar bredvid dem. De ville ta upp matsäcken direkt men blev hindrade av föräldrarna. Det var mycket att titta på och den ena efter den andra klev in i bussen och letade upp en plats. Det var gamla och unga, ensamma och familjer. Platsen bredvid Emmy var fortfarande tom och hon hade inget emot om det skulle förbli så.

Chauffören hade startat motorn när hon såg en man, som hon skymtat i kyrkan några gånger, i rask takt komma mot bussen. Hon tyckte han såg trevlig ut. Inom frikyrkorna känner människor varandra på ett mer personligt plan. Eller berodde det på hur länge man varit medlem i en församling? Emmy hade genom förskolan där Teresa gick lärt känna några andra familjer. Innan Teresa föddes och före vallfärden till Rom hade Emmy känt sig ensam i kyrkan. Ibland hade hon tänkt när hon gick från mässan att hon inte var sedd av någon. Men hon var sedd av prästen, det visste hon.

Den okände mannen kom fram till den lediga platsen bredvid Emmy. Han presenterade sig som Janne. Direkt inledde de en konversation och skrattet låg nära, det porlade så att folk runt dem såg menande på varandra. Det var till största delen Janne som pratade medan Emmy flikade in frågor och åsikter så att samtalet flöt lekande lätt. När alla var avbokade på reseledaren Guns lista var stämningen hög och kyrkoherden som skulle åka bil kom in i bussen och välsignade dem. Så rullade bussen iväg till det stora äventyret.

Flickorna i sätet framför hade nog av sig själva. De smaskade på innehållet i godispåsarna som Emmy överraskat dem med när de satt sig tillrätta och de lekte med fingerdockorna som hon gett dem.

Från Göteborg sett ligger Vättern på tvären i vägen för resan till Vadstena. Man måste åka via Jönköping. Resan skulle ta tre timmar plus ett stopp för bensträckare före Jönköping. Men det blev inte långtråkigt: de sjöng och bad två dekader av rosenkransen, vilken bön både Clara och Teresa kunde och deltog i med sina klara tunna flickröster. De små fingrarna omslöt pärla efter pärla. Reseledaren läste första hälften av bönen och deltagarna den andra. Ordningen ändrades i andra dekaden. Man läste den glädjerika rosenkransen.

Eva-Marie hade inte berättat för Janne att det var hennes dotter som satt framför men när Teresa kikade mellan ryggstöden på dem avslöjade hon detta.

"Jag har sett er i kyrkan."

"Hon heter Teresa."

"Det visste jag inte."

"Hennes pappa är död."

"… och din man?"

"Ja."

Emmy såg att Gun tog upp en lottring. Eftersom Emmy visste att det skulle säljas lotter hade Teresa fått en tjugokronorssedel till lotter och en till för att köpa glass i Vadstena. Hon hade velat säga tant Gun när hon talade med flickorna om reseledaren men ingen kvinna vill längre bli kallad tant. När försvann det? tänkte Emmy. I min barndom tilltalades alla vuxna med tant och farbror. Nu vill alla vuxna vara tjej och kille. Även om de är gamla. I sina egna ögon är de unga men de inser inte att i ungas ögon är de uråldriga. Varför inte inse verkligheten och samtidigt lära de unga den respekt som följer med avståndet mellan generationerna?

Hon hade pratat med Claras föräldrar som försett sin dotter med samma penningbelopp. Det var spännande med egna pengar och flickorna jämförde sina portmonnäer, där låg även några mynt. Vinsterna var många och Teresa vann en liten minibok av trä som gick att öppna, där fanns det två ikoner, en bild av Jesus och en av Maria med Jesusbarnet. Hon var eld och lågor. Clara vann en liten plasttavla med det kända franska helgonet lilla Thérèse av Jesusbarnet. Det finns gott om kitsch inom den katolska sfären.

Strax före Jönköping meddelade Gun att de skulle göra en paus vid en rastplats där det fanns kaffe och tillbehör. Stoppet skulle vara en halvtimme. Emmy förenade sig med Elisabeth och Rolf och de båda flickorna. Hon såg hur Janne gjorde sällskap med Gun. Emmy gick på toaletten med flickorna medan Claras föräldrar ställde sig i kaffekön. Emmy valde ut ett bord och de började duka upp matsäckarna. Solen värmde gott och det såg ut att bli en strålande dag. Men man visste ju inte hur väderförhållandena var på andra sidan den långsträckta Vättern.

Runt dem vimlade bekanta och obekanta. Lukas var tillsammans med sina föräldrar och kom fram till flickorna och talade om att han vunnit ett plastradband. Alla voro glada, ingen var gift och alla hade knorr uppå svansen, tänkte Emmy lite vanvördigt.

Resan fortsatte och när de passerat Jönköping läste de tillsammans de tre sista dekaderna av rosenkransen. Nu var de väl förberedda att nå vallfärdsmålet. Emmy och Janne var överens om att de fick en speciell pirrande känsla när bussen tillsammans med bussar från södra och mellersta Sverige taxade in på parkeringen vid Vadstena slott. Det var glädjerikt. Men vad var man glad över?

"Att träffa trossyskon?" frågade Emmy skrattande.

Janne skrattade även han och de tittade på varandra. Detta var inget talesätt som passade dem.

"Det är fest! Alla är glada! Alla är förväntansfulla!"

Samtalet avbröts av att Teresa pockade på uppmärksamhet. Hon skulle skiljas från Clara som med sina föräldrar hade bestämt en mötesplats med Elisabeths syster och bror med familjer.

Emmy tog sin dotter i handen och tillsammans gick de mot Vadstena slott och dess borggård. Mässan skulle börja klockan tolv och det var bara tjugo minuter till dess.

I hallen intill borggården fanns *Katolskt Torg* med försäljning av böcker. Emmy hälsade på Göran Degen som varit kyrkoherde i Göteborg. Hon presenterade sig och Teresa och möttes av ett varmt leende och vänliga ord. I *Katolsk Magasins* monter köpte Eva-Marie ett stort paraply. Många gjorde som hon och det visade sig att solen stekte från en klarblå himmel. Både hon och Teresa hade skyddande hatt men många deltagare spände upp paraplyet som skydd mot solen med följd att de som satt bakom inte såg något alls. Det gjorde Eva-

Marie irriterad men Teresa stötte på sin mamma, hon ville inte att mamman skulle vara arg.

Det var inte särskilt bekvämt på de långa träbänkarna utan ryggstöd. Snart får man ont i ryggen och Teresa som blivit trött tilläts att gå på små utflykter för att titta på de många prästerna i likadana vita mässhakar som gjorde sig i ordning för processionen.

"Jag såg fader Tomas!" Teresa var entusiastisk. Kyrkoherden hade de sett vid kyrkan på morgonen och nu var han här.

Körerna var på plats och övade en sista gång, ministranterna löpte fram och tillbaka för att lägga ut program och räkna stolar uppe på podiet under tältduken. Emmy hade en pläd som de kunde sitta på och Teresa vände och vred sig och berättade om hon såg någon bekant.

"Mamma, mamma, dom har paraply fast solen skiner!"

Emmy såg sig om och upptäckte flera par som spänt upp sina paraplyer för att skydda mot solen. Både hon och flickan hade bomullshatt med brätte. Det skulle verkligen bli stekande hett här inne i den tillslutna gården.

Några pojkar, förmodligen lokala, hade tagit sig upp på själva muren som löpte mot vallgraven. De ville väl se de konstiga katolikerna som det råder stor missuppfattning om.

När mässan skulle börja och Ulf Samuelsson intonerade öppningspsalmen på orgeln tågade den långa processionen med korgossar, präster, alla i likadana mässhakar in med biskop Anders Arborelius i slutet. Teresa var stum av beundran och höll sin mamma hårt i handen. När deras kyrkoherde och andra präster de kände igen från Göteborg kom kunde hon inte låta bli att med sin lediga hand peka ut dem. Hon hoppade av glädje över att känna igen dem i denna säkert femtio man starka procession.

Eva-Marie hade i smyg försökt se om möjligtvis Staffan fanns där men hon kunde inte se honom, det var inte troligt att han kom trots att vägen mellan Örebro och Vadstena bara tar halvannan timma.

Innan Teresa föddes och då hennes man Åke fortfarande levde hade hon varit med på en stiftsvallfärd, hon kände till programmet, det var alltid i stort sett detsamma.

Hon förstod att lilla Teresa som snart skulle fylla fem år skulle bli trött och hon skulle inte orka bära henne efter mässan. Familjen Brehmer skulle sammanstråla med släktingar från Stockholm och Emmy och dottern skulle gå och äta lunch, se lite i affärer och sedan tillbringa ett par timmar i klosterträdgården där Eva-Marie visste att det fanns avskilda lugna vrår. De hittade en restaurang med uteservering vid torget, Teresa fick pannkakor och Eva-Marie åt köttbullar, potatismos, ärtor och lingon.

Därefter gick de i en hemslöjdsaffär där de hittade en liten trädocka i form av en Birgittinnunna. Eva-Marie köpte en knypplad duk. Vadstena är ju känt för sitt knyppleri som funnits sedan 1500-talet. Den var dyr men det var ett utsökt hantverk. I Gamla konditoriet med klassisk och vänlig atmosfär och goda bakverk fick Emmy sitt efterlängtade kaffe, Teresa fick saft och en maräng och själv åt hon en mazarin. Teresa var nu mer dämpad men tittade sig storögt omkring och smuttade i sugröret upp saften. Hon var lycklig och så var också Emmy.

Nu skulle de sakta vandra till Klosterträdgården vid Blåkyrkan där avslutningsgudstjänsten skulle hållas. De mötte ett par Birgittasystrar och Teresa berättade för dem att hon fått en docka som var klädd som de. Hon var mycket stolt när de visade sin krona med fem röda märken som Jesu sår men det förstod hon inte. Men minnet fastnade och hon skulle senare tala om de här nunnorna många gånger och visa upp den lilla trädockan.

Klosterträdgården är en örtagård inramad av ett rött staket. Lummigt och grönt med grusgångar mellan kvarter med olika örter, allt ordentligt namngivet på små vita tavlor. Eva-Marie och Teresa hittade en bänk utan ryggstöd och de småpratade om växter och fåglar. Då och då knastrade gruset och några kom in för en rundtur men avlägsnade sig igen.

Teresa stod och höll handen på sin mammas knä när flickan plötsligt uppmärksammade en man och en kvinna som rundade ett kvarter i trädgården. De hade inte varit synliga innan och det var nu för sent att ignorera paret och vise versa. Teresa knep i Emmys ben så att det gjorde ont trots att hon inte kände mannen som kom. Själv tyckte Eva-Marie sig tappa andan. Det var Staffan som kom gående förmodligen med en kvinna förmodligen Bodil. Emmy ville dunsta bort men det gick ju inte och hon förstod att Staffan kände detsamma. Det kunde inte undvikas att de måste hälsa på varandra. Eva-Marie reste sig upp och Staffan presenterade Bodil Jonsson som en vän. De erbjöds plats bredvid på bänken och Teresa stirrade på Staffan men sade inte ett ljud. Hon svarade tyst på tilltal om vad hon hette och hur gammal hon var, snart fem, i november. Staffan tittade på Eva-Marie.

Teresa viskade till mamman:

"Får jag visa Staffan den däringa statyn."

"Vilken?"

"Den lilla gubben som sitter där borta. Den är så rolig. Men inte tanten!"

"Får bara Staffan se den?"

"Jaa!"

Hon tog Staffans hand.

Eva-Marie vände sig ursäktande till Bodil men visste inte vad hon skulle säga. Hon började fråga om de varit på Borggården och var de ätit. Emmy kände sig besvärad och ursäktade återigen dottern med att hon var liten och inte menade något illa. Vad ser Staffan hos den här kvinnan, tänkte hon. Hon hade mörkt hår i en lång fläta på ryggen och var klädd i jeans och en tjock stickad tröja trots värmen. Hon bar en stor axelremsväska som hon ställt på marken I den syntes en termos och en plastask. Hon verkade inte särskilt skärpt.

Båda tittade efter mannen och den lilla flickan som höll honom i handen, hoppade och skuttade fram på grusgången. Staffan och Teresa små-pratade och de hörde hennes bubblande skratt och Staffans mjuka basröst.

Innan de slagit sig ner på bänken hade Eva-Marie gått runt med flickan på gångarna och de hade båda ivrigt studerat den lilla statyn, kanske en meter hög, av en man som satt på huk och grävde i jorden. Teresa hade flera gånger gått runt och pekat på hans byxor, hängslen och skjorta. Hon var van att gå med sin mamma på museer och de studerade alltid ingående ett fåtal verk. Flickan hade anammat det.

Staffan och Teresa kom tillbaka till bänken där Emmy och Bodil satt. Teresa berättade efter bästa förmåga att Staffan verkligen gillade statyn.

"Visst gjorde du?" vänd mot honom ville hon försäkra sig om att han verkligen var uppriktig.

Hon fortsatte:

"Vi bor i Göteborg och vi har åkt buss hit. Min kompis Clara var med men hon är med sina släktingar från … Vad hette platsen de kom från?"

"Stockholm."

"Ja Stockholm. Men Clara fick inte se trädgårdsmästaren. Det fick hon väl inte mamma?"

"Nej, hon fick nog se andra saker."

"Jag har fått en trädocka som jag har i ryggsäcken. Och kan du tänka dig Staffan. Vi såg tre levande nunnor likadant klädda som min docka. Den är av trä. Mamma köpte en duk med spets. Den var dyr."

Staffan skrattade.

Bodil kunde inte låta bli att le men det var som om hon verkligen fick anstränga sig. Hon verkade obekväm med situationen.

"Nu ska vi inte uppehålla Staffan och Bodil med vårt prat."

"Men jag vill prata mer."

"Vi måste vila lite till innan vi går in i kyrkan."

På vägen hem i bussen sov Teresa nöjd i sin mors armar. Eva-Marie höll kärleksfullt om henne, blundade och log.

Dagen efter vallfärden tog de sovmorgon. Alla tre (även hunden) var trötta och det var en tydlig dagen-efter-stämning. Sådana dagar brukar de fira med brunch som de tillreder tillsammans i lugn och ro. De kokade ägg och delade i halvor som de dekorerade med Kalles kaviar och dill. Teresa fick blanda smeten till scones som de hällde i muffinsformar och bakade i ugnen. De gräddade plättar och Teresa stod på en stol framför spisen och vände plättarna. I äggkoppar hällde de upp flera sorters marmelad och vispade lite grädde. Emmy hade portionsbitar av ost just för detta ändamål och allt de serverade var i miniformat. De dukade köksbordet med duk som Teresa fick välja, hon valde också porslin och servetter.

Så kom det roligaste, de valde vilka personer som skulle äta brunchen. Det blev herr Gyllenkrok och fröken Silverräv, damerna Korkskruv och Elvisp eller fröknarna Pimpinella och Persilja. Vad de kunde hitta på.

Vid en brunch eller ett Afternoon Tea skall man konversera och det kunde låta så här:

"Så fru Tomat var i Vadstena igår?" Emmy hade ett plommonstop på huvudet och en av Åkes gamla slipsar runt halsen, hon var herr Gurka. Hon talade med basröst.

"Jaa det var jag." Teresa hade en av Emmys stora sommarhattar i rosa tyll och en boa i violett om halsen. Hon pratade med förställd röst.

"Hur var vädret fru Tomat?"

"Å, det var solsken hela dagen!"

"Då var det varmt?"

"Ja det var det men jag hade paraply!"

”Paraply? Men fru Tomat sa inte att det regnade!”

”Näe. Men paraply, förstår herr Gurka, skyddar mot solen.”

”Så det var egentligen ett parasoll?”

”Nej inget stort parasoll, ett paraply.”

”Såg fru Tomat några nunnor?”

”Ja. Det var massor med nunnor. Men de var olika klädda. Men vi mötte tre nunnor som var Birgitta.”

”Ja det finns ju ett kloster för Birgittinnunnor i Vadstena. Såg fru Tomat deras huvudkrona med fem röda märken.”

”Ja. De visade den för oss.”

”Jag vet att det också finns Mariadöttrar i Omberg nära Vadstena. De har svarta dräkter och svarta slöjor över de vita.”

”De kom in på rad vid mässan och satt längst fram. De var så glada.”

”Vad tycker fru Tomat var roligast i Vadstena?”

”Det var trädgårdsmästaren!”

”Trädgårdsmästaren?”

”Ja, herr Gurka förstår att det är en staty!”

”En staty?”

”Ja den var liten som jag.” Nu var Teresa tvungen att demonstrera hur den såg ut.

Båda skrattade så att de kiknade.

Del 3

Klockan tio på kvällen samma dag som vallfärden ringde Staffan. Teresa sov med Tuss bredvid sig trött efter en intensiv dag i Vadstena. Hon hade inte orkat äta hela smörgåsen när de kom hem och Emmy hade tömt deras ryggsäckar och hundens resväska. Själv hade hon duschat och satt i en fluffig vit morgonrock i en fåtölj och lyssnade på husets tystnad. Inga ljud uppifrån familjen Brehmer, de dova ljuden av spårvagnstrafiken som en ljudkuliss. Emmy blundade.

När det ringde mer fruktade än hoppades hon att det skulle vara Staffan, vilket det också var.

"Varför har du inte sagt något?"

Eva-Marie blev tyst. Hennes hjärta snörptes ihop och inte ett ord kom över hennes läppar.

"Hallå. Är du där?"

"Ja, jag är här. Tack för mötet i Örtagården i Vadstena idag!"

"Men varför har du inte sagt något?"

Eva-Marie suckade djupt.

"När! När skulle jag sagt något?"

"Du visste hela tiden?"

"Ja." En uppgiven suck.

"Låt oss börja så här. Jag skall förklara om Bodil."

"Det behöver du inte göra. Du behöver inte ursäkta dig. Det var ju så länge sedan du bodde här i Göteborg. Åren har gått så fort. Du skall inte leva ensam. Det är bra att du hittat en kvinna."

"Ja, men det är fel kvinna."

Emmy teg.

"Ja, det är inget fel på Bodil, men hon är fel för mig. Men hon är förtjust i mig och det är jobbigt. Hon var rosenrasande på dig."

”Men vi samtalade ju bara neutralt om ditt och datt.”

”Hon kände nog vibrationerna!”

”Vilka vibrationer?”

Staffan teg.

”Men man påverkar ju varandra och du kommer nog påverka henne positivt vad det lider.”

”Du! Teresa är väldigt intelligent och duktig. Hon var ett trevligt sällskap.”

Staffan skrattade och Eva-Marie blev alldeles mjuk inombords. Hon kände så väl igen när han skulle berätta något roligt. Det kom alltid ett litet förskratt innan poängen.

”Hon berättade ingående om hur statyn avbildade en trädgårdsmästare och om hans klädsel med byxor och hängslen. Jag var tvungen att gå bakom statyn se hans bak och hur byxorna stramade. Undrar vem som visat alla dessa detaljer? Det var så viktigt att jag såg allt och hon frågade vad jag trodde han hetat och när han levt. Hon är söt.”

”Ja hon är väldigt behaglig och mycket lydig. Fast lite lillgammal. Hon har ju bara mig och hennes syster är vuxen, men hon har en jämnårig flicka som bor i samma hus.”

”Bor du inte kvar i villan?”

”Nej. Jag har köpt ett halvt hus, bottenvåning och källare och familjen Brehmer med Clara bor på andra våningen och har vind.”

”Varför har du inte sagt något?”

”Vad skulle jag säga?”

”Att hon är min dotter.”

Då grät Eva-Marie uppgivet. Staffan lät henne gråta.

"Kan jag ringa imorgon kväll?"

"Nej tyvärr inte och inte heller på måndag kväll. Då har jag min konstvetenskap. Men på tisdag går det bra."

Staffan och Emmy ringde därefter varandra varje kväll. Båda hade sena vanor och även om de varit borta på kvällen sms-ade de eller ringde för att säga god natt, även om Staffan ofta ville prata, det räckte inte med ett godnatt. En kväll berättade han att Teresa ringt honom.

"Men hur kunde hon det? Hon kan inte slå upp ett telefonnummer!"

"Hon hade mutat Vanda!" sa han och skrattade glatt precis som om han uppskattade flickans frimodighet.

"Vad sa hon?"

"Hon babblade på om förskolan och nån som hette Lukas och Clara och Tuss."

"Men hon får inte ringa och störa dig!"

"Joo det får hon. Jag blev verkligen glad!"
Ett par veckor gick när en kväll Emmy beklagade att det var så långt emellan dem.

"Kan vi inte träffas?

"Varför kommer inte du och Teresa hit? Ni kan åka fram och tillbaka på dagen. Annars får ni gärna stanna över natten. Jag har plats."

"Men det blir väl jobbigt för dig?"

"Nej. Vi går ut och äter och Teresa får träffa Manne och Sigge som hon är nyfiken på."

Så blev det också. En lördag for Emmy och dottern med direkttåg till Örebro. Det tog tre timmar och Teresa hade fullt upp att rita och framför allt att notera allt som hände både i kupén och utanför tågfönstren. Staffan mötte dem på tågstationen och de gick direkt för att äta på samma restaurang där Staffan och Eva-Marie varit en gång tidigare.

Hemma i Staffans lägenhet på Olaigatan fick Teresa möta hundarna som var lika stora som hon. Först backade hon men snart blev hon bästa vän med dem. De fick sina presenter som de ivrigt packade upp. Staffan fick blommor och en av årets nyutkomna böcker med historisk inriktning. Timmarna gick fort och Teresa somnade på mattan mellan de stora golden retrieverhundarna.

Två veckor senare ringde Staffan och talade om att han skulle komma till Göteborg veckan därefter. De var nu inne i oktober och han skulle ha två möten på förmiddagen dagarna efter varandra. Han hade beställt rum på Gothia Tower och ville bjuda Emmy på middag på kvällen. Hon föreslog att de skulle äta på Heaven 23 i samma hus som hotellet. Hon skulle bara ha ett par spårvagnshållplatser ner och han behövde inte ge sig ut på kvällen som nu började blir mörk och höstruggig. Dagen efter ringde Eva Maria till Staffan.

”Jag tänkte på en sak.”

”Jaa, mitt hjärta, vad tänkte du?”

”Teresa kommer aldrig förlåta mig om hon vet att du varit i Göteborg utan att träffa henne. Hon är förälskad i dig och pratar ofta om dig och berättar när vi var i Örebro och i Vadstena.”

”Skall jag komma hem till er?”

”Nej, jag tycker inte det. Vi kan träffas på Ahlströms konditori, det ligger mitt inne stan. Vid Domkyrkan. På Korsgatan. När är ditt möte över?”

”Jag är ledig från klockan 14.00.”

”Då träffas vi där. Du får fråga dig fram.”

Eva-Marie vågade inte berätta för Teresa att de skulle träffa Staffan förrän dagen före. Hon blev som förväntat eld och lågor och dök in i garderoben för att välja vad hon skulle ha på sig. Men hon skulle vara på förskolan på förmiddagen där Emmy skulle hämta henne och de skulle åka ner till konditoriet med spårvagn. Allt var himmelrike för barnet och hon pladdrade på som den värsta kaffekvarn.

När de svängde om hörnet såg de att Staffan redan stod utanför konditoriet. Då blev Teresa plötsligt blyg och försökte gömma sig bakom sin mamma. När de tagit i hand och hälsat sade Teresa förskräckt.

"Mamma jag har kissat på mig!"

Eva-Marie tittade sig runt. Mitt emot låg turligt nog en barnklädesaffär.

"Staffan väntar säkert. Vi går dit och köper nya underbyxor."

Saken var snart avklarad och Teresa var idel solsken. Hon höll sin hand i Staffans och han höll upp henne så att hon fick välja en kaka. Eva-Marie beställde en ostsmörgås för säkerhets skull till Teresa som ju varit på förskolan hela dagen. Själv valde hon en pariservåffla och Staffan en mazarinliknande kaka som kallades göteborgare. De valde ett bord i hörnrummet med utsikt mot bakgården. Teresa fick saft, Staffan kaffe och Eva-Marie cappuccino.

Staffan påminde flickan om vad de sett i Vadstena och om hur hans hundar mådde. De var hos Bodil och han tittade på Eva-Maria för att utröna hur hon skulle ta den uppgiften. De hade då och då i telefon nämnt henne men Staffan deklarerade alltid att de bara var vänner. Han medgav att Bodil gillade honom och Eva-Marie menade att han måste tala om att kärleken inte var besvarad.

"Mamma!" Teresa påkallade sin mammas uppmärksamhet. Hon ställde sig på knä i soffan för att viska i mammans öra.

"Men Teresa, söta du, du vet att det är oartigt att viska."

"Ja men det är jätteviktigt!"

Emmy som tänkte att hon kanske måste gå på toaletten böjde sig mot dottern som satt händerna som en tratt och viskade:

"Tycker inte du att det vore bra om Staffan blev vår pappa?"

Eva-Marie smålog men sade inget.

"Du kan väl fråga han?"

Emmy som i vanliga fall skulle rättat det grammatikaliska felet svarade endast:

"Nej det kan jag inte. Det passar sig inte."

Staffan som anade att frågan handlade om honom log hjärtligt.

"Men det skulle va bra. Tycker du inte det?"

"Jo, kanske det."

De skulle alla tre göra sällskap till femmans spårvagn som skulle ta dem till Gothia Tower vid Liseberg och till Örgryte. Teresa gick mellan dem och höll dem båda i hand.

"Mamma. Hoppas att någon ser oss?"

"Vem vill du skulle se oss?"

"Någon av skolfröknarna eller kyrkoherden eller Claras pappa och mamma."

"Hur tänker du?"

"Jo. Vi går här som en riktig familj!"

I det ögonblicket bestämde sig Staffan. Det fick bära eller brista. Men i kväll skulle han fria till Eva-Marie. Han skulle inte låta denna lycka gå sig förbi.

Staffan fick en jäktig eftermiddag efter att ha gått till sitt rum och tvättat sig. Restaurangen som Emmy föreslagit låg högst upp i ena tornet. Han valde tillsammans med hovmästaren ett bord med utsikt över centrum och beställde till och med menyn eftersom han ville att de skulle få prata i lugn och ro. Han valde löjrom och Västerbotten-ost med tillbehör som förrätt och inbakad fjällröding som huvudrätt samt kaffegods till efterrätt. De skulle dricka vitt vin. Men han bad hovmästaren hålla en flaska champagne i beredskap.

Han fick uppgift om att det fanns en blomstershop på bottenplanet och åkte ner och beställde en bukett med tjugo röda rosor som skulle placeras på deras bord. Receptionisten informerade att om han åkte med femmans spårvagn och gick av vid Kungsportsplatsen, skulle det finnas två guldsmedsaffärer, Jarl Sandin och Efva Attling. Han gick till båda men valde med löfte om bytesrätt en enkel ring hos den senare med två ädelstenar, onyx och agat. Sextusen kostade den men han visste att priset inte hade någon betydelse för Emmy. Hon hade ofta talat om att hon gillade smycken från Efva, det tog emot hos Staffan, den flatan tänkte han föga vördsamt. Så åkte han tillbaka till hotellet, duschade och klädde sig i vit skjorta och knöt en slips. Han visste att Eva-Marie var svag för slipsklädda män.

De möttes på bottenvåningen. Eva-Marie kom med taxi och hade en kappa med bred pälskrage och högklackade pumps. Staffan var klädd i mörk kostym och diskret slips. De åkte tillsammans upp i hissen som går utanpå huset med utsikt över Liseberg. Under kappan hade Emmy en kort åtsittande blå klänning med ett treradigt halsband och sina Georg Jensensmycken. De kände sig båda lite nervösa inför kvällen, lite högtidliga. Staffan berättade om maten de skulle äta och fick Emmys godkännande. Hon tyckte det var skönt att slippa välja och fundera över vilken prislapp maten skulle betinga. På bordet stod redan rotfruktschips med tryffelkräm och en flaska vitt vin från Österrike.

Samtalet blev omedelbart livligt. Eva-Marie berättade om hur Teresa med stora gester berättat för sin moster Miriam, som skulle vara barnvakt och även sova över, hur mötet med Staffan på Ahlströms konditori varit, men hon berättade inte vad hon viskat i sin mammas öra.

"Staffan har så sköna händer!" berättade hon.

"Hur då?"

"De är mjuka och varma liksom!"

Staffan skrattade hjärtligt.

Restaurangen var redan halvfylld och omkringsittande sneglade på deras bord med den stora rosenbuketten.

Eva-Marie pratade om firman och hur hon arbetade där varje förmiddag. Hon berättade om sin äldsta dotter Pia som var kreativ chef trots sina unga år och hur hon var klok nog att ta emot råd både av sin farfar, av lagerchefen Arnold Segersäll och revisorn Knut Svensson. Det märktes att Eva-Marie var stolt över dottern. Hon erkände att dottern aldrig fått chans till det arbetet om Åke hade levt. Det var ämnat för sonen Mats.

Staffan å sin sida berättade om att Sigge gått vidare till de sälla jaktmarkerna. Han hade fått en tumör som satt så illa till att detta var enda utvägen. Manne var olycklig över att förlorat sin kompis och Staffan torkade bort en tår i ögonvrån med en välpressad näsduk. Det föranledde Emmy att fråga om han hade en "Vanda" i Örebro men han erkände att han pressade både skjortor och näsdukar själv. Övrig tvätt som lakan, örngott och dukar lämnade han in på en tvättinrättning. Eva-Marie tänkte på hur bra deras generation hade det i förhållande till tidigare med ekonomiskt såväl som praktiskt välstånd.

När kaffet och konjaken kommit på bordet harklade sig Staffan och rätade upp sig på stolen. Eva-Marie gjorde detsamma. Hon visste inte vad han skulle säga men kände på sig att samtalet skulle komma in på ett allvarligare ämne.

"Eva-Marie, hur tänker du dig framtiden?"

"Vad menar du?"

"Jo, jag menar, hur tänker du på mig och dig och Teresa?"

Eva-Marie satte handen för munnen och bet i tummen. Efter en stund sade hon:

"Jag har funderat. Kan inte tänka mig att flytta till Örebro om det är det du undrar över. Jag har funderat och funderat. Du vet att jag skriver dagbok varje dag och jag har skrivit för och emot. Men jag har alla släktingar här och det vore inte rätt varken mot Pia eller Teresa. Och så har jag ju huvudansvaret för firman."

Hon såg så olycklig ut att Staffans hjärta snördes ihop.

"Nej, men om jag flyttar till Göteborg?"

Emmy sken genast upp och torkade bort ett par tårar, även hon med en välpressad näsduk.

"Du har inte frågat varför jag är i Göteborg. Jag menar, att jag är ju här för att träffa dig men för övrigt?"

"Nej, jag tänkte att du själv skulle berätta det.

"Jag har varit här på en anställningsintervju i Banken."

"Samma bank där du arbetade som konsult?"

"Ja."

"Men – vad kul. Teresa kommer att bli salig. Hon kommer att vara som ett häftplåster på dig."

"Hoppas det!"

Staffan hällde upp mer kaffe och de lät konjaksglasen nudda vid varandra. Han smusslade i fickan och tog upp asken med ringen och öppnade den.

"Oj!"

"Gillar du den?"

"Ja verkligen." Hon tog ringen. Den passade precis. Så tog hon av både den och guldringen hon fått av Åke och smusslade ner den i handväskan och satte på sig enbart Staffans ring.

"Men – vad betyder det egentligen?"

"Det får du bestämma!"

Eva-Marie kände på ringen med de stora ädelstenarna som stod upp från själva ringen. Kommer jag få på mig handskar, tänkte hon. Ingrid i receptionen på kontoret kommer att se den på direkten och fråga mig. Hon kommer att förstå att det är en förlovningsring. Såvida jag inte ljuger och

säger att jag köpt den själv. Men det kunde hon inte
göra. Det skulle komma fram förr eller senare.

Staffan inväntade hennes svar. Vad det än skulle
bli skulle han ställa upp på det.

"Jag", hon suckade, "kan inte tänka mig ett
förhållande utan att vara gift. Det går mot mina
principer."

"Då gör vi det!"

"Ja, men – du är ju frånskild!" Hon suckade men
fortsatte:

"Hur mycket enklare är det inte när man är ung
och inte har ett halvt liv bakom sig."

"Har du fler betänkligheter?"

"Ja, men de går att lösa. Vi måste köpa en
gemensam bostad. Den jag har nu är för liten i det
långa loppet."

"Jag har ett avtalat möte med en mäklare
imorgon?"

"Vilken?"

"Bjurfors."

"Dom är bra."

"Vill du gå med? Jag tänkte ju mig en lägenhet
för mig själv. Nu måste vi välja tillsammans."

"Det är en sak till!"

Staffan inväntade fortsättningen.

"Jag vill att du adopterar Teresa. Inte Pia. Bara
Teresa!"

"Självklart. Med största glädje."

Staffan signerade notan och hämtade Emmys
kappa men behöll den på armen. Han hämtade ut
champagneflaskan. Hon tog den stora rosen-
buketten och tillsammans lämnade de restau-
rangen.

Eva-Marie ringde på morgonen till kontoret, till Ingrid, och berättade att det hastigt kommit upp ett par ärenden som hon måste prioritera. Ingrid vågade inte fråga vad det gällde utan frågade bara om Eva-Marie skulle komma under dagen. Nej, det skulle hon inte, men hon var tillgänglig på telefon under eftermiddagen. Hon ringde sin syster som skulle ta Teresa till förskolan och berättade för henne vad som hänt, att hon skulle besöka en mäklare men att hon först skulle komma hem och byta kläder.

Under frukosten kom Staffan och Emmy överens om att de behövde fem rum, hon insisterade på att Staffan och hon skulle ha var sitt arbetsrum, ett vardagsrum, ett rum för flickan och sovrum för dem. Gärna i Örgryte där Teresa hade kompisar. De log mot varandra. Det var alltför otroligt för att vara sant.

"Och så två hundar." sa Eva-Marie.

"Nej!" inflikade Staffan. "Bodil får ta hand om Manne. Vi får satsa på Teresas hund."

"Men – det är för sorgligt!"

"Jo men så blir det."

Eva-Marie hade tusen och en sak som de borde diskutera men det kunde de bara inte hinna denna förmiddag. Hon åkte hem en timme och mötte honom igen och tillsammans vandrade de till Burgårdens mäklarhus för att söka en gemensam bostad.

De passerade Örgryte gamla kyrka där de tagit avsked av varandra så många vårkvällar för sex år sedan. De hade en speciell sten i muren som de brukade luta sig mot. Det gjorde de även den här gången men nu var det inte i förtvivlan utan i jublande glädje. De åt därefter lunch på hotellet och skildes, han för att resa åter till Örebro och hon för att ta femmans spårvagn hem.

Eva-Marie stämde träff på fröken Olssons kafé med Barbro Berglund som varit hennes förtrogna alltsedan Romresan. De satt vid samma bord bredvid varandra på barstolar i fönstret där de suttit många gånger och pratat om Emmys förälskelse i Staffan, hennes reparation av äktenskapet med Åke och graviditeten som följde. Ingen enda gång hade Barbro med minsta antydan frågat om Teresas tillblivelse. Hon var ju en av Teresas faddrar. Det hade inte blivit så många träffar på kaféet sedan barnet fötts och Eva-Marie tagit hand om firman men vänskapen bestod. De valda var sin citronpaj och cappuccino och efter de första frågorna om Teresa och om Barbros man Bertil lade Eva-Marie upp vänster hand och visade ringen.

"Så vacker den är! Var har du köpt den?"

"Jag fick den av Staffan i onsdags."

"Men … "

"Ja, han var här och fick träffa Teresa och så åt han och jag middag på Heaven 23. Det var superromantiskt!"

"Men så roligt!" Barbro kramade om henne. "Skall ni … ?"

"Ja, vi skall gifta oss troligen vid nyår. Men jag vågar inte tro att det är sant. Det är så många hinder."

"Berätta!"

Och Emmy berättade om svårigheten att få äktenskapet, som inom Katolska kyrkan var ett sakrament, godkänt av Kyrkan eftersom Staffan var skild. Hon pratade om ekonomi och om bostadsproblem, om flytt och om lycka som hon ännu inte riktigt vågade lita på. Hon talade om alla svårigheter med att som vuxen och till åren kommen förena två hem och två människor. Och hon frågade Barbro om råd hur hon skulle berätta det för Teresa, för dottern Pia och för farfar och farmor.

Eva-Marie kände sig stärkt efter pratstunden med Barbro och gick raka vägen in på NK och butiken *Ordning och reda* och köpte en ny anteckningsbok just för alla frågor hon funderade över i samband med Staffan. Hon skulle redan nästa dag boka en lunch med sin dotter Pia och berätta om honom. Skulle hon ta med sin syster Miriam som stod Pia nära? Hon funderade fram och tillbaka och bokade en lunch med dem båda veckan därpå. Det var detta hon faktiskt var mest rädd för. Pia hade den våren Staffan bodde i Göteborg varit fördömande när hon fick reda på att de var vänner. Hon sade mer eller mindre upp bekantskapen med sin mamma. Men när pappan och brodern dog ändrades förhållandet och Pia och Emmy umgicks på ett avslappnat sätt.

Lunchen gick bra. Pia frågade sin moster om hon träffat Staffan vilket hon inte gjort. Hon frågade vad han arbetade med, om han skulle flytta in hos mamman och om han skulle involveras i firman. Eva-Marie svarade rakt och utan känslosamhet på alla frågor. En del frågeställningar som hon själv rådbråkade sin hjärna med nämnde hon inte. Det fick bida sin tid.

De skildes och Pia och hennes moster gick iväg tillsammans. Eva-Marie kände lättnad över att samtalet gått så pass bra. Hon hade förberett sin syster och det var ett bra drag att ta med henne. Nu fick Pia tid och möjlighet att tala om sina betänkligheter.

Helgen som följde efter deras förlovning kom inte Staffan till Göteborg, det hade ju bara gått ett par dagar och han skulle möta sin dotter i Västerås och berätta för henne om Emmy. Han var inte det minsta orolig för det samtalet. De hade inte så nära kontakt, bodde på olika orter och skilsmässan låg flera år bakåt i iden.

Staffan och Eva-Marie var medvetna om att de egentligen inte kände varandra så bra. Även om han tyckte att han kunde läsa henne som en uppslagen bok var detta ju inte med sanningen överensstämmande. Därför kom de överens om att han skulle komma till Göteborg alla weekender han kunde och det var faktiskt samtliga. Han kom på fredagskvällen och åkte tillbaka till Örebro tidigt på måndagsmorgon. På så sätt blev det naturligt för Teresa att han tillhörde familjen och hon accepterade detta utan några frågor.

De fick tag på ett hus i samma område i Örgryte men de skulle inte få tillträde förrän första februari kommande år. Tills dess fick de nöja sig med den bostad Emmy hade och Staffan låg i Eva-Maries rum och själv låg hon på soffan i vardagsrummet. Hon bytte inte hans lakan, gillade lukten av hans rak- och hårvatten som fanns i kudden men hon bäddade rent tills han skulle komma nästa gång.

Hon gillade att skämma bort honom men han var ofta uppe mycket tidigare än hon var, gjorde i ordning frukost och läste tidningen. När Teresa vaknade gjorde han frukost åt henne och hade oftast två bredda smörgåsar och O´Boy klar vid hennes plats.

När en ny medlem kommer in i familjen ändras bordsplaceringen och rutinerna. Eva-Marie som var morgonsömnig gladde sig åt det som hon tyckte avlastade henne och förbättrade hennes situation. Hon drack sitt te och ville göra sina egna smörgåsar men snabbt uppfattade Staffan hur hon ville ha det och lade dessutom en liten kaka som en efterrätt. Efter sitt te drack hon kaffe och hon köpte en större espressomaskin från firman.

På söndagarna gick de till mässan klockan elva och Teresa lyste av salighet för att få sitta mellan dem på bänken. Ofta ville hon gå fram med Staffan (som konverterat i Örebro direkt efter sin Göteborgstid) och hålla hans hand när han tog emot kommunionen och flickan välsignades av prästen. Hon kollade in om Lukas var i kyrkan och Eva-Marie kände flickans stolthet så liten hon var. Hon berättade att Lukas frågat henne i förskolan om hon fått en ny pappa och då hade hon svarat ja.

"Var det rätt svar?" frågade dottern sin mamma Eva-Marie.

"Jo, vi är en familj nu med Staffan."

De hade inte sagt något om förlovningen och bröllop till Teresa utan ville att det skulle komma naturligt. Annars var det risk att hon berättade det för vem det vara månde och att det kunde bli fel.

"Snart kommer din födelsedag när du blir fem år."

"Hur många dagar är det dit?"

"Så många som både dina och mina fingrar tillsammans. Efter din födelsedag blir det advent när vi tänder alla ljusen och så blir det jul. Och sedan kommer vi att inte längre heta Myrén i efternamn utan Berg som Staffan."

Men Teresa hade redan tröttnat på att räkna dagar och frågade om hon fick leka med Clara. Hon ringde och frågade om Clara fick komma ner till henne. Det fick hon och Eva-Marie såg inte mer till flickorna men hon hörde dem skratta i Teresas rum.

En helg bjöd de sina Romvänner på lördagslunch. De var sju med Teresa: Barbro och Bertil Berglund, Einar och Gunilla, Staffan och Emmy och så den lilla flickan. Det visade sig att Staffan var en utmärkt kock och de kompletterade varandra i köket. Eva-Marie var bra på att duka, och påhittig när det gällde för- och efterrätt samt andra tillbehör. De byggde efter hand upp ett vinförråd med framför allt franska, spanska och italienska viner. Men ingen av dem drack speciellt mycket. Teresa lekte fortfarande med Clara och Frida och tog förändringarna naturligt utan vidare kommentarer.

I oktober månad tyckte Eva-Marie att det var tid att träffa svärföräldrarna. Hon berättade att hon skulle komma ensam och åkte en förmiddag ut till Lerum där de bodde kvar i den stora opraktiska villan. Efter att ha studerat farfars orkidéodling och farmors korsstygnsbroderier satte de sig vid ett välförsett kaffebord. Farmor hade gjort den vanliga tårtan dekorerad med bananer och kiwifrukt. Bullarna var ljumma och fyllda med smör och kärlek. Eva-Marie tyckte det var oartigt att tacka nej och smakade på alla sorter utan prut.

När hon kom till ärendet för sitt besök berättade hon om att hon och Teresa mött Staffan under stiftsvallfärden till Vadstena, att flickan blivit förtjust i Staffan eftersom hon var omgiven av kvinnor och sällan mötte en man. Claras pappa som bodde i samma hus var inte särskilt förtjust i barn. Emmy brukade säga att han var rädd för dem och inte visste hur han skulle bete sig. När han skulle passa flickorna gick han in i sitt arbetsrum och stängde dörren om sig. Men inget olyckligt hände. Alla tre småflickorna var förståndiga och skötte sig klanderfritt. Hon berättade att Staffan var anställd på Banken, att han skulle flytta till Göteborg och att de skulle gifta sig.

"Du är så klok lilla Eva-Marie", sa farmor.

"Ja hmm" flikade farfar in, "du är duktig."

"Du har gjort storverk med firman."

"Hmm, du är duktig."

"Och du är ju fortfarande ung."

Efter allt detta beröm förklarade Emmy att de skulle få träffa Staffan på Teresas födelsedag den 10 november när hon skulle fylla fem år.

"För ni kommer väl säkert på kalaset?"

"Ja om du vill det?"

"Ja hmm, om du vill att vi skall komma?"

"Teresa skulle bli olycklig om inte hennes farmor och farfar kom. Det blir buffé, ballonger och tårta."

"Men vad skall vi ge henne?"

"Köp en kaffesked i silver av märket Rosen-holm. Hennes moster Miriam köper en sådan och då kan hon samla tills hon får ett dussin. Hon har så mycket leksaker att det räcker."

"Men blir hon glad för en sked?"

"Ja hmm blir hon det?"

”Ja det tror jag. Gravera in *5 år* på baksidan. Det blir ett minne för livet.”

Emmy berättade att hon fått sin första silversked vid fem års ålder och fått ihop ett dussin innan hon gifte sig. Sedan hade de haft råd att köpa silverbestick som hon använde vid högtidligare tillfällen.

”Köp gärna ett etui för tolv skedar. Då förstår Teresa hur fint det blir.”

Efter inrådan från Barbro fick Eva-Marie kontakt med en psykolog som hette Emmanuel Gibson. Hon hade beklagat sig över att vara kontrollfreak, att hon planerade i minsta detalj och hon var rädd för att köra över Staffan som en ångvält. Barbro tröstade henne med att det inte var någon risk men Emmy kände sig själv och sina svagheter. Det kunde faktiskt bli för mycket av det goda. Hon försökte analysera sig själv men kom bara fram till att hon blivit sådan när Åke dog. Hon var tvungen att ta itu med allt själv, ingen kunde hjälpa henne och ta över ansvaret.

Eva-Marie visste inte heller om hon skulle bli den som bestämde eller om det skulle bli Staffan och hur hon då skulle kunna inordna sig under hans vilja. Han hade starka väl genomtänkta uppfattningar byggda på faktaunderlag som Emmy inte hade. Det var så lätt att ge efter och foga sig och inte vilja ta eventuell strid. Hon ville komma till en välbalanserad attityd, ett mellanting, där hon vågade stå för det hon trodde och ville.

Psykologen trodde att de skulle klara av behandlingen under fem tillfällen och Eva-Marie gick till hans mottagning med motstridiga känslor.

Hon var förberedd att ta över samtalet men det var ju just det hon behövde hjälp med att inte göra.

"Vad kan jag hjälpa dig med?" frågade han.

"Jag vill ha hjälp med att lugna ner mig och inte tvunget ha kontroll på allt som skall göras. Jag har anteckningsböcker med listor över allt från kläder till vad vi skall äta på mitt barns femårskalas och om stolarna räcker. Det är inte jobbigt för mig men andra uppfattar kanske mig som kontrollerande."

"Har någon sagt det?"

"Näe, inte direkt men visst får jag gliringar. Nu skall jag gifta om mig och jag vill inte köra över den blivande maken."

"Du har alltså varit gift tidigare?"

"Ja, men han dog för fem år sedan."

"Körde du över den gamle?"

"Näe, han bestämde utan att fråga mig. Jag såg till exempel till att kylskåpet alltid var fyllt och att bjudningar sändes ut till dem det gällde. Han kunde bjuda hem folk utan att jag visste det och jag fick bara ett par timmar på mig att fixa mat. Det gick bra för det mesta men det var inte alltid så kul."

De satt i var sin länstol klädd med tyg från Svenskt Tenn. På bordet en lampa med två armar också den från samma firma. Eva-Marie kände väl till deras sortiment. En tjock matta under fötterna och bokhyllor med inbundna böcker längs tre väggar. Två höga fönster med dubbla gardiner, sammet vid sidorna och en store i mitten. Ingen insyn, dämpad belysning. Psykologen var lågmäld och hon måste ibland fråga om vad han sagt.

Hon var klädd i en kort kjol, höga stövlar och kort pälsväst. Han hade polotröja i svart och en grå kostym. Ingen slips här inte, tänkte hon. Tur att han inte har manchesterbyxor, stickad tröja och håret i en svans i nacken.

"Hur värderar du ordning i förhållande till kontroll?"

"Jag tycker ordning är positivt och kontroll negativt. Men jag anstränger mig för att inte kontrollera andra utan ha förtroende för dem. Men många – alltför många – gånger har jag varit glad över att jag för säkerhets skull förberett mig även om det var andra som skulle stå för just den saken. Vi var till exempel några familjer och par som umgicks – då när Åke levde – och då kanske vi kom överens ... "

Eva-Marie satte ena benet över det andra.

"... om att en av fruarna skulle ordna en Janssons frestelse men när festen kom hade hon glömt bort det hela."

Eva-Marie skrattade till.

"Så typiskt. Ja, jag fick ta fram den jag lägligt fryst in för eventuellt behov. Det hände ofta. Men jag sade aldrig något. Det tycker jag var bra och duktigt av mig."

"Är du en duktig flicka?"

"Ja det är jag. Men jag vill inte framstå som en sådan. Vill hellre att man skall säga att jag är rejäl och går att lita på!"

Han sade inte något.

"Och ordningsam, det får man gärna säga om mig."

"Hur tror du din nya man uppfattar dig?"

Eva-Marie satte handen för munnen, bet i lillfingret och suckade djupt.

"Jag vet inte. Förmodligen som duktig och kontrollerande."

”Hur vill du att han skall uppfatta dig?”

”Lugn och samlad, ordningsam och rolig, flexibel och inte förutsägbar. Hur låter det?”

Eva-Marie tog upp sin stora anteckningsbok och skrev upp orden:

Lugn

Samlad

Ordningsam

Flexibel

Inte förutsägbar

Älskande

Omsorgsfull

”Och så älskande och omsorgsfull.”

”Vi bryter där för idag. Tag de där orden och skriv gärna ner – eftersom det tydligen är så du jobbar – vad de betyder rent praktiskt så ses vi nästa vecka samma tid, samma lokal.

Hennes besök hos psykologen fortsatte. Staffan, för vilken hon berättat om sina besök, undrade om hon hade hemlighållit något för honom, men hon försäkrade att hon var helt normal men att hon själv upplevde sig som lite dominerande vilket hon inte ville vara.

En annan gång tog hon med psykologen upp att hon själv ibland tyckte det vara jobbigt att vara en idéspruta. Hon berättade att när hon arbetade som fritidspedagog i skolan och de hade planeringsmöten skulle var och en vid bordet lämna tre förslag till exempel på ett projekt. De andra hade svårt att komma med något medan hon själv noterade ett tiotal förslag på nolltid. Hon upplevde att hon blev för styrande.

Hon bytte ställning i fåtöljen och fortsatte förklara.

Likadant var det på deras firma. Hon hade idéer om det mesta men höll inne med dem. Visserligen uppmuntrade hon medarbetarna att lämna förslag på förbättringar och de som lämnade in sådana som var genomarbetade fick en bonus. Hon hade till och med gjort en blankett på citrongult papper som fanns tillhands på alla avdelningar, men det räckte inte med ett förslag, det skulle anges konsekvenser och om möjligt kostnadsberäknas, på så sätt fick hon de anställda att ta större ansvar, se helheten och inte bara detaljer.

”Lägger du dig för mycket i arbetet?”

”Näe, jag håller mig strikt till mina egna arbetsuppgifter, men jag frågar ofta varför det är på ett visst sätt. Folk har lärt känna mig och blir inte rädda.”

”Vad är då problemet?”

”Att jag alltid måste vara vaksam på att inte ge dem förslag utan invänta deras. Det blir helt enkelt en anspänning.

”Du kanske har för lite att göra?”

”Ja, och för mycket energi.”

Vid ett annat tillfälle önskade hon diskutera sitt förhållande till män.

”Män i allmänhet eller dem som står dig nära?”

”Framför allt de män jag är gift med.”

”Ok! Berätta!”

”Jag var väldigt ung när jag gifte mig. Näe förresten, jag måste börja tidigare. I mitt barndomshem hade vi barn – vi var tre, två flickor och en pojke – vi hade en naturlig respekt för båda våra föräldrar. Det var ett harmoniskt hem, aldrig något bråk och höjda röster. Vi lydde. Det var mest mamma som alltid var hemma som uppfostrade oss. För henne var det naturligt att hålla ordning och respektera pappa även om han inte var involverad i barnen på daglig basis. Likaså är det med mina syskon, jag respekterar dem och skulle ha svårt att ha en annan åsikt än de har. Det diskuterades och argumenterades inte i mitt barndomshem. När jag gifte mig med Åke var han både äldre än jag och det var han som hade pengarna, det blev han som bestämde vilka möbler och tavlor vi skulle ha och våra respektive mammor hade åsikter om allt övrigt till och med barnens klädsel. Jag var lite som en nickedocka som sade ja och amen till allt vad andra beslutade. När jag opponerade mig – vilket jag sällan gjorde – såg de mig som besvärlig och det vill jag inte vara så jag led och inrättade mig. När så Åke dog skulle jag helt plötsligt ordna allt själv och bestämma allt. Det blev en väldig kontrast.”

”Och nu vill du inte återgå till att inordna dig.”

”Näe. Det vill jag inte. Men samtidigt vill jag inte bestämma för mycket. Jag gillar inte toffelhjältar och inte härskare heller för den delen.”

”Har du pratat med Staffan – var det så han hette, den nye?”

”Ja. Staffan. Nej det har jag inte gjort.”

”Hur vill du att ni skall få det?”

”Jag vill att vi skall bestämma tillsammans, stora saker alltså som till exempel köp av ett hus och möbler och sånt.”

Psykologen sade inget och Eva-Marie fortsatte:

”Men jag vill inte ha förhandlingar om minsta småsak. Jag vill kunna köpa en ny klänning utan att fråga Staffan. Jag vill att vi skall ha förtroende för varandra. Ja så är det. Jag vill att vi skall ha förtroende för varandra och att båda är värdefulla på sitt sätt."

Som förr i tiden när Teresa var nyfödd kom Knut Svensson, firmans revisor, en dag hem till Eva-Marie. Hon hade bett honom komma för hon ville höra sig för om hur Staffan och hon skulle ordna sin ekonomi. Båda hade barn som de måste skydda när en av dem gick bort. Och hur skulle hon göra med firman? Hon och Staffan hade bara nämnt detta helt apropå och Emmy ville att de skulle ta hjälp av en advokat för att få allt rätt och rättvist. Men nu ville hon få lite bakgrundskunskap som Staffan hade naturligt genom sitt arbete. Eva-Marie gjorde som förr ett konferensbord med den gröna duken och hade förberett frågorna i sin liggare.

Det första Eva-Marie gjorde var att berätta för Knut om att hon och Staffan skulle gifta sig förmodligen vid nyår. Han blev väldigt glad och menade att det var bra att hon som ännu var relativt ung gick vidare med sitt liv. Hon ville nu få lite uppgifter om sådant hon inte kände till. Först ville Emmy veta vad ett äktenskapsförord var. Vad detta innebar och hur det skulle registreras. Ett sådant var ju självklart att de måste ha eftersom hon ägde största delen av firman som var ett familjeföretag. Hon förmodade att hon hade större förmögenhet än Staffan men eftersom han var anställd i Banken hade han säkert god ekonomi. Äktenskaps-förordet skulle undertecknas av dem båda och registreras hos Skatteverket upplyste Knut henne om.

Hon frågade honom om hur de skulle göra med det nya huset de hade planerat att köpa och Knut tyckte det bästa var att de köpte det tillsammans och satsade lika mycket pengar på det. Likaså skulle de eventuella möbler som de köpte vara gemensamt giftorättsgods.

Eva-Marie ville i förtroende även fråga Knut hur hon skulle göra för att Staffan skulle få adoptera Teresa. Han berättade att de i så fall skulle vända sig till Tingsrätten som skulle ge Familjerätten i uppdrag om utredning. På hennes upprepade fråga om vad Knuts personliga åsikt var svarade han jakande. Det var bra om de blev en sammanhållen familj och att det skulle göra Teresa gott att få en pappa även om Åke inte skulle glömmas bort.

En ytterligare fråga hade Eva-Marie. Hon tvekade att framställa den men hon hade ett grundmurat förtroende för Knut som hjälpt henne när Teresa var nyfödd och hon tvingades bli firmans ägare.

”Det är ytterligare en sak jag vill höra din uppfattning om.”

”Ja, vad är det?”

”Det är i största förtroende jag yppar detta och har inte talat med Staffan om det.”

”Jag håller tand för tunga.”

”Det vet jag.”

”Och jag skall ge dig ett ärligt svar vad det än är du frågar om.”

”Jag funderar på att ge Staffan en viss procent av aktierna i morgongåva. Det brukar väl visserligen vara mannen som ger kvinnan en morgongåva men vi är ju gamla så det kan väl göras undantag.”

”Varför skulle du ge honom en aktiepost?”

”Staffan – det kommer du att märka när du träffar honom – är en man som det går att lita på. Han arbetar på Banken och är insatt speciellt i valutafrågor. Eftersom vi kommer att vara en familj och vi har ett familjeägt bolag är det naturligt. Han kommer att bli en tillgång för Kontorslandskapet."

"Hur stor post hade du tänkt dig?"

"Tio procent."

"Varifrån skall de tas?"

"Från min del förstås. Jag tänker så här: jag behåller femtio, ger Pia och Teresa fem ytterligare så har de femton var, farmor och farfar har tio tillsammans och Staffan får tio."

"Jag tycker det låter genomtänkt. När har du tänkt att det skall genomföras?"

"Nästa år, alltså när äktenskapet har ingåtts. Och jag vill inte att folk i firman skall veta att vi är förlovade förrän vi gift oss. Kanske är jag rädd för att lyckan är för stor och något händer innan dess."

"Nej det kommer inte att ske. Och jag pratar inte bredvid mun."

"Vi sätter nog in en annons när vi gift oss. Allt är så nytt och omtumlande just nu."

En lördag hade Staffan och Eva-Marie bokat tid hos kyrkoherden. Det var ett viktigt möte. Teresa var hos familjen Brehmer och skulle även äta lunch där så de hade hela förmiddagen på sig. Deras ärende var delikat. Skulle de kunna gifta sig katolskt eller ej. Staffan var ju frånskild. Kyrkoherden sade att han var glad att se dem, det hade han ju gjort på mässorna och han kände igen Staffan sedan han bodde i Göteborg under det där halvåret för några år sedan.

Staffan förde ordet och berättade att de hade mötts igen under stiftsvallfärden, att de förlovat sig och ville ingå äktenskap. Han sade rakt på sak att de ville gifta sig katolskt och att båda såg äktenskapet som ett sakrament. Kyrkoherden vände sig till Eva-Marie som bekräftade att de var helt överens. Hon berättade också att de hade som plan att Staffan skulle adoptera Teresa och att de skulle anta familjenamnet Berg.

"Det är en intressant fråga och jag ger er Kyrkans formella syn på den" sade fader Tomas.

Staffan och Eva-Marie satt bredvid varandra på andra sidan bordet. De lyssnade uppmärksamt på varje stavelse. Staffan var klädd i en grå kostym med slips i samma ton och Eva-Marie hade en gråmelerad dräkt med vit blus och en luftig scarf i halsen. Hon satt och vred på ringen hon fått av Staffan.

"Vi har givetvis läst vad Katekesen skriver men får inga direkta svar på våra frågor?"

"Vilka är de?"

"Vi önskar av hela vårt hjärta", Staffan skrattade till när han sade de högtidliga orden, "att få vigas inom Katolska Kyrkan. Men vi är rädda att det föreligger hinder eftersom jag varit gift och det äktenskapet upplöstes, min dåvarande fru var otrogen."

"Jag har ju inte de problemen eftersom jag är änka," flikade Eva-Maria in men tillade: "men det är vår gemensamma önskan att vigas i Kyrkan."

"På kyrkomötet i Trient på 1500-talet beslutade man om den så kallade formplikten, vilket innebar att katoliker enbart kan ingå äktenskap inför en kyrklig ämbetsbärare, till exempel, präst eller biskop. De kan alltså inte gifta sig borgerligt."

Eva-Marie inflikade:

"Jag känner till kyrkomötet i Trient från en målning av Tizian, ja alltså man förutsätter men vet inte exakt om det är han som målat den. Det är en storslagen målning inifrån en kyrka med alla präster och biskopar i vita mitror och en del svartklädda män i kulisserna. Givetvis ingen kvinna så långt ögat når."

Både kyrkoherden och Staffan skrattade åt Eva-Maries utläggning.

"Jag minns att protestanterna som var inbjuda aldrig kom. Till och med biskopar från Sverige var välkomna. Luther dog under den tiden, 1546 tror jag det var, men jag vet inte om han deltog. Det var Laurentius Petri Nericus som var ärkebiskop i Sverige. Han kom från Örebro och han och hans bror Olaus Petri står staty utanför Olaus Petrikyrkan där. Men Lars Pettersson som Laurentius hette dog 1552 alltså under tiden för kyrkomötet."

Staffan braverade med sina historiska kunskaper.

"Var ligger egentligen Trient?" frågade Eva-Marie.

Kyrkoherden tog ordet:

"Det ligger i norra Italien i Alperna och heter numera Trento. Trient är det tyska namnet på orten. Och där hölls alltså kyrkomötet som var det nittonde i ordningen. Man beslutade om mässan, eukaristin och rättfärdiggörelse."

Han fortsatte:

"Men för att återgå till era frågor. Äktenskap ger fördelar rent lagligt sett så det är att föredra framför att vara sambo, vilket inte godkännes av Kyrkan. Man kan bara vara gift med en person. Men om du varit gift tidigare och äktenskapet inte ogiltigförklaras anses du vara bigamist."

Eva-Marie tittade på Staffan och skrattade. Han drog på mungiporna. Det var ett tufft ord.

"Ja, alltså i Kyrkans ögon."

"Vad betyder det helt konkret", frågade Staffan.

"Ni tillhör fortfarande församlingen och deltager i mässorna och församlingslivet men ni kan till exempel inte vara medlem i kyrko- och församlingsrådet. Ni får inte heller ta emot kommunionen eftersom ni lever tillsammans men inte är gifta enligt den katolska formen."

"Det är tufft", inflikade Staffan.

Eva-Marie tog upp en näsduk och snöt sig. Hon knep ihop läpparna.

"Då kanske vi inte skall gifta oss eller flytta ihop? Som det nu är tar ju både du och jag emot kommunionen." frågade Staffan vänd mot Eva-Marie.

Eva Marie skakade på huvudet.

"Det är väldigt tufft och orättvist. Men jag vill att vi skall vara en familj. Det är det bästa för både mig och Teresa. Det svider riktigt ordentligt. Men så får det bli. Får vi nej från stiftet så är det så. Men det är som att välja mellan kyrkan och den jordiska kärleken. Jag skulle nog vilja välja Kyrkan men jag väljer dig Staffan."

"Eftersom du Staffan gifte dig inom Svenska kyrkan antas att äktenskapet är giltigt tills motsatsen är bevisad. Vilket kanske i och för sig är ganska troligt. Det som talar för Staffan är att äktenskapet ingicks så att säga av tvång eftersom kvinnan var gravid och att det upplöstes på grund av hennes otrohet. Men det krävs som jag redan antytt en kanonisk process där Staffans äktenskap undersöks."

"Vad gör vi nu?" frågade Staffan.

"Det innebär att man skriver en hemställan till officialatet eller som det också kallas äktenskapstribunalen vid Stockholms Katolska stift. Vad ni måste göra är alltså att göra en sådan skrivelse med de nödvändiga uppgifterna. Jag skriver ett intyg om det här samtalet som vi bifogar hemställan.

De enades om att så skulle ske.

Eva-Marie ångrade sig nästan när Teresas femårskalas närmade sig. Hon var rädd för att flickan skulle bli alltför uppmärksammad och gå upp i varv. Farfar och farmor skulle komma. Pia, moster Miriam och morbror Jocke, kusin Susanne med sin vän som de inte träffat förut, morbror Markus som skulle komma ensam. Så var det hennes lekkamrater Clara och Frida med sina föräldrar. Emmy räknade att de skulle bli nästan tjugo personer för hon trodde att Ingrid från firman skulle komma tillsammans med ytterligare ett par därifrån.

De skulle ställa upp en buffé i köket med mat som framför allt passade barnen även om de inte var så många. Det hade sagts till att det var öppet hus och hon hoppades att inte alla skulle komma på en gång. Tambur och hall rymde inte alltför många på en gång.

Teresa vaknade redan sex på morgonen och började fråga när gästerna skulle komma. Emmy tog emot Teresa i sin säng och berättade om när hon föddes och hur sorgligt att pappan dött samma dag. Då grät de en liten tår men Eva-Marie fortsatte med att berätta när Teresa låg i vagnen och mamman körde henne i skogen, om hur hon växte och började gå och när Tuss kom in i deras liv.

Snart hörde de Staffan vakna och börja göra frukost. Han hade lärt sig att Teresa inte ville ha kanter på sin smörgås och han delade den i två delar för att den inte skulle bli övermäktig.

Så var födelsedagen igång. Teresa hade dagen innan valt ut vad hon ville ha på sig och hon hade också valt en klänning till Eva-Marie. Av Staffan fick hon ett silverhalsband med ett hjärta och av sin mamma en röd sammetsklänning med matchande skor.

Från firman kom mycket riktigt Ingrid samt tre kvinnor som arbetade på kontoret. De hade med sig ett stort paket som visade sig innehålla ett vackert dockskåp med möblemang. Teresas ögon var stora. Vilken underbar miniatyrvärld att titta in i. Hon sprang genast upp och hämtade små dockor i passande storlek.

Staffan skulle flytta till Göteborg vid jultid, han fick magasinera sina tillbehör en tid tills de fick sin nya bostad. De började beställa möbler för komplettering men hade ingen brådska. De skulle inte flytta in i nya huset förrän de kontrollerat vad de eventuellt behövde fräscha upp. Kök och badrum var nya och de skulle så vitt de visste bara tapetsera och Staffan lät Eva-Marie bestämma vilka tapeter hon gillade. Hon beställde hantverkare och flyttfirma. Det var inte långt att flytta men hon visste att det skulle vara alltför jobbigt att göra det själva. Hon var mycket spänd inför hur det skulle bli att leva med Staffan och dela vardagar, möda och slit men hon visste med sig att det också skulle bli vår och soliga dagar både i sinne och i hemmet.

De firade sin första jul tillsammans och både Pia, farfar och farmor kom och åt jullunch och de delade ut julklappar. Det fungerade bra med svärföräldrarna och de hade accepterat Staffan. Han samtalade med farfar och det visade sig att de hade en hel del historiska ämnen gemensamt. Farmor hade kompletterat julmaten och Emmy lät henne göra det.

På juldagen åt de lunch i Lerum och på Annandagen bjöd Pia på kaffe i sitt lilla hem. Men det tog inte hela dagar och Staffan och Eva-Marie fick gott om tid att vara tillsammans. Teresa fick också tid att leka med Clara och Frida några timmar. De visade varandra sina julklappar och lekte mycket med Teresas dockskåp. Hon hade fått fler möbler i julklapp och de möblerade och möblerade om.

Dagen efter Annandag jul for Staffan, Eva-Marie och Teresa till Rom. Pia körde dem till Landvetter och såg planet lyfta. Det var Teresas första flygresa och hon var som inför allt nytt nyfiken på vad som skulle hända och såg sig omkring med stora ögon. Hon satt mellan Staffan och Eva-Marie och var nöjd med allt. De fick byta på Schiphol i Amsterdam och Teresa tyckte det var spännande med de rullande gångbanorna och alla människor av olika nationalitet.

I Rom på Fiumcinoflygplatsen mötte Lars Brandbergs fru Carmen som talade flytande engelska blandad med italienska uttryck. Hon hade en liten Citroen och körde med hög hastighet och korsade filerna på ett halsbrytande sätt alltmedan hon med stora gester frågade dem om resan, pratade med Teresa och berättade om sitt liv i Rom.

De skulle bo hos Brandbergs som hade en stor våning och vars barn var vuxna och inte bodde hemma. Staffan, Eva-Marie och Teresa skulle bo i en liten gästvåning med två små rum, ett pentry och badrum. Lägenheten låg öster om Vatikanstaten och hade en magnifik utsikt från takterrasserna som löpte runt lägenheten. I pentryt var kylskåpet välförsett med frukost- och mellanmålsmat och flera flaskor italienskt vin. Stora fruktfat med solmogna frukter stod i båda rummen. I en djup nisch stod en vit marmorbyst och fräscha blommor var utplacerade i rummen.

Carmen instruerade dem om att de skulle duscha och ta det lugnt ett par timmar innan Lars kom från banken som hans svärfar ägde. De skulle på kvällen gå ut tillsammans och äta på en kvartersrestaurang.

Dagen efter skulle Teresa och hennes mamma strosa runt i Rom medan Staffan följde Lars till banken för att få intryck och idéer. Han var expert på valutafrågor och skulle diskutera dem med en man som hade samma arbetsuppgifter. Carmen hade engagemang inbokad och de skulle sammanstråla mot kvällningen då de återigen skulle gå ut och äta.

Eva-Marie och Teresa tog en taxi till Vatikanområdet där de försökte omfamna de stora pelarna ritade av Bernini som omger Petersplatsen. De strosade runt, det var mycket folk som gjorde som de och dagen var för årstiden mild. De hittade en presentaffär i närheten där Teresa fick välja minnesgåvor till Clara och Frida, det blev medaljonger med den heliga Teresa av Calcutta och smala silverkedjor. Själv fick hon en likadan så att de alla tre skulle ha likadana. Till syster Pia, moster Miriam och till farmor valde de scarfar. För att Teresa skulle orka med de sena kvällarna var det viktigt att hon och Emmy vilade siesta.

På tredje dagen gick Eva-Marie och Staffan tillsammans med Teresa till Vatikanmuseerna. Emmy ville mot de andras inrådan visa flickan Sixtinska kapellets tak med de mittplafonder som de tillsammans studerat så många gånger i Emmys böcker. Hon ville att Teresa fast hon var så liten skulle förstå hur storslagna målningarna var.

Inne på museet som egentligen är flera gick de direkt till Sixtinska kapellet även om det var mycket att titta på i de stora salarna de passerade. I kapellet var det många människor som stod med bakåtböjda nackar för att se takmålningarna. Teresa visste inte vart hon skulle titta och Eva-Marie försökte förklara för henne var den plafond som visade syndafloden var.

"Men mamma hur kunde man måla taket? Det måste ha varit en lång gubbe."

"Man byggde upp ställningar och konstnären som hette Michelangelo låg på rygg och målade, men han hade många som hjälpte honom. Namnet Michelangelo betyder ängeln Mikael."

"Vi har en pojke på förskolan som heter Mikael!"

"Ja, det är många pojkar som heter så."

"Är det efter honom som har målat här?"

"Nej det finns många änglar och det är efter en av dem pojkarna fått sitt namn."

"Men Mikael i skolan är busig!"

"Titta nu på taket istället!"

Och de försökte alla tre att fokusera på målningarna och de stora tavlorna som fyllde hela rummet. Med jämna mellanrum stötte vakten sin stav i golvet och ropade med tordönsstämma att detta var ett kapell och man måste vara tyst. Teresa blev rädd och vågade inte ens viska. De fick plats på en av de väggfasta bänkarna och människor gick förbi dem i en aldrig sinande ström.

De satt tysta och Teresa satte sig i Staffans knä. Hon iakttog människorna. Där var familjer med stora och små barn, ensamma kvinnor och män, snart var de i färd med att prata, peka och passera på väg mot andra stora salar med hänförande konst.

Så småningom gav även Staffan, Eva-Marie och Teresa upp och de vandrade ut genom andra stora salar fyllda med konst och statyer, gobelänger och kartor.

Dagen före nyårsafton ägde bröllopet rum i kapellet till den heliga Birgittas hus. Carmen samt en nunna var vittnen och Teresa var brudnäbb och fick hålla mammans brudbukett. Hon hade en egen korg med blommor, som Carmen ordnat.

De hade fått rätt att ingå äktenskap katolskt och vigseln förrättades av deras kyrkoherde som enkom för deras skull (och givetvis på deras bekostnad) kommit ner till Rom över dagen. Eva-Marie var salig och kunde inte riktigt lägga band på sin hänförelse. Detta var för bra för att vara sant. Här stod Staffan vid hennes sida inför prästen och lilla Teresa höll hon i andra handen. Hon var tacksam, överväldigande tacksam.

Den här kvällen skulle Staffan och Eva-Marie vara för sig själva och Brandbergs hade bokat en femstjärnig restaurang för deras räkning i Trastevere. De skulle också bo för sig själva en natt. Nu hade Teresa blivit så bekant med Carmen att hon vågade vara ensam hos henne. På eftermiddagen tog Carmen med henne till en stor leksaksaffär för att välja ut ett par tre tillbehör till hennes dockskåp.

Så slutade allt gott. De återvände till Göteborg och den slaskiga vintern. Dagarna fick snart sin struktur i den nya bostaden och den lilla familjen levde gott i rytmen med vardagar, förskola och arbete samt söndagar med mässbesök.

Förr i tiden slutade alla romantiska böcker så här: *Och så levde de lyckliga resten av sitt liv*. Men så var givetvis inte fallet med Staffan, Eva-Marie och Teresa. Visst var de lyckliga men där fanns med- och motgångar, glada dagar men också besvärliga och tråkiga. Sällan, så gott som aldrig, grälade de men de var inte alls alltid överens. Så gick alltså dagarna. Men det är som man säger en annan historia.